RECHERCHES

SUR

LES MYSTÈRES

QUI ONT ÉTÉ REPRÉSENTÉS DANS LE MAINE.

RECHERCHES

SUR

LES MYSTÈRES

QUI ONT ÉTÉ REPRÉSENTÉS DANS LE MAINE.

I.

Les divertissements publics, les jeux, les fêtes, les cérémonies, les spectacles occupent une place si notable dans les mœurs d'un peuple, d'une province ou d'une cité, qu'il est impossible de connaître complétement leur histoire, si l'on ne s'applique à rechercher quelles ont été leurs coutumes sous ces divers rapports. Nous livrant depuis un grand nombre d'années à l'étude des annales du Maine, nous avons été frappé du vif attrait que les Manceaux montrèrent à une certaine époque pour la représentation des mystères et des moralités. Une première ébauche de cette étude, lue par nous devant une société littéraire (1), inspira de l'intérêt à plusieurs de nos auditeurs, et nous cédons au désir qu'ils nous ont exprimé, en livrant ces recherches imparfaites à la publicité.

On peut considérer ce petit travail comme un chapitre inédit de l'histoire littéraire d'une province qui s'est montrée autrefois vivement éprise de toutes les jouissances que procurent les lettres et

(1) La Société d'agriculture, sciences et arts de la Sarthe, en la séance publique du 6 novembre 1857.

les arts. Nous y ferons connaître, en effet, les noms de plusieurs écrivains restés inconnus jusqu'à ce jour aux critiques et aux historiens qui se sont occupés avec le plus de zèle, soit de l'histoire de notre littérature (1), soit des antiquités du théâtre français en général (2).

Quoique nos recherches doivent se renfermer dans les limites restreintes d'une seule province, les documents inédits que nous avons consultés, et auxquels nous avons puisé presque tout ce mémoire, nous permettront de répandre quelque lumière sur des points encore obscurs de la représentation des mystères. C'est du reste aux mystères et aux miracles que nous voulons nous borner en cette étude.

Ainsi nous ne nous engagerons pas dans l'énumération des diverses représentations scéniques connues sous les noms de *soties, pois pilés, farces, farces-moralisées,* et autres représentations dramatiques qui diffèrent entièrement des mystères par leur origine et leur but.

(1) La Croix du Maine, *Bibliothèque française*. Quoique le but de l'ouvrage soit général, les écrivains manceaux y sont traités avec prédilection. — Blondeau, *Portraits des hommes illustres de la province du Maine.* — D. Liron, *Singularités historiques et littéraires; Almanach manceau*, *1728.* — Gilles Négrier de la Crochardière, *Biographie des Manceaux illustres*, Ms. de la Bibliothèque du Mans. — Le Paige, *Dictionnaire du Maine.* — Ansart, *Bibliothèque littéraire du Maine.* — Ledru, *Annuaires de la Sarthe*, 1818-1823. — Desportes et Pesche, *Bibliographie du diocèse du Mans.* — Houdbert, *Esquisse sur l'histoire scientifique, littéraire et artistique du Maine.* — Hauréau, *Histoire littéraire du Maine.*

(2) Achille Jubinal, *Mystères inédits du* XVe *siècle;* Paris, 1837, in-8°, 2 vol. — Francisque Michel, *Le théâtre français au moyen âge,* Paris 1839, in-8° — Ch. Magnin, *Origines du théâtre moderne*, *cours professé à la Faculté des lettres*, dans le *Journal général de l'instruction publique*, 1834-1836; *La comédie au* IVe *siècle*, dans la *Revue des Deux-Mondes*, 1835, juin; *Fragment d'un comique du* VIIe *siècle*, dans la *Bibliothèque de l'École des chartes*, 3e sér., t. I. — Les frères Parfaict, *Histoire du théâtre français*, Paris, in 12, 15 vol. — De Beauchamps, *Recherches sur les théâtres de France;* Paris, 1735, in-8°, 3 vol. — Le duc de la Vallière, *Bibliothèque du théâtre français*, 1768, in-12, 3 vol. — De Douhet, *Dictionnaire des mystères;* Paris 1854, 1 vol. — O. Leroy, *Etudes sur les mystères;* Paris, 1837; Idem, *Époques de l'histoire de France en rapport avec les mystères;* Paris, 1843, in-8°. — Sainte-Beuve, *Histoire du théâtre français au* XVIe siècle.

Nous ne parlerons point des histrions désignés sous les noms de farceurs, danseurs et bateleurs, que l'on rencontre dans l'histoire de notre pays dès le temps des rois mérovingiens. Ils n'avaient rien de commun avec les mystères, dont l'origine et l'objet étaient tout religieux. « Les *mystères* ne sont pas une œuvre littéraire, dit M. Saint-Marc Girardin, mais une institution liturgique (1). »

Les divers spectacles que nous excluons de notre travail étaient la continuation directe des traditions plus ou moins défigurées du théâtre antique ; par la licence de leurs représentations, ils faisaient revivre ces pantomimes dont l'effronterie scandalisait même les païens honnêtes, et que les apologistes de la religion chrétienne reprochaient, avec tant de raison et tant d'énergie, à la vieille société. L'histoire du théâtre antique, en effet, ne finit pas à la chute de l'empire ; les représentations théâtrales tenaient trop aux habitudes populaires, pour disparaître subitement, même devant le bouleversement qui suivit l'invasion des barbares. Quoique les monuments dramatiques de ces temps soient extrêmement rares, pour plusieurs raisons, il en reste néanmoins, tels que, au IVe siècle, le *Querolus* (2), au VIIe, un fragment de comique (3), qui prouvent combien longtemps subsistèrent les mœurs romaines. A défaut de ces preuves directes, nous pourrions démontrer la persistance du théâtre, tel que l'avaient façonné les successeurs de Plaute et de Térence, par les anathèmes que les Pères de l'Église n'ont cessé de lancer contre lui. S'il ne succomba pas sous les invectives brûlantes de Tertullien, de saint Cyprien, de saint Ambroise, de saint Jean Chrysostôme, de saint Augustin, et si nous voyons saint Isidore de Séville au VIIe siècle, saint Jean Damascène au VIIIe, et même saint Bernard et Jean de Salisbury, évêque de Chartres, déplorer les maux que causaient parmi les fidèles les spectacles profanes, il faut convenir que l'attachement des populations pour ces divertissements était

(1) Saint-Marc-Girardin, *Du drame religieux en France*, dans la *Revue des Deux-Mondes*, 2e période, t. XIIIe, p. 206.

(2) Magnin, *La comédie au IVe siècle*, dans la *Revue des Deux-Mondes*, 1835, juin, t. II, p. 633-674.

(3) Idem, dans la *Bibliothèque de l'École des chartes*, 3e série, t. I, p. 517-535.

bien fortement enraciné dans leurs habitudes. Les défenses des conciles se répétaient avec la même persévérance, et prouvent par là même la continuité du mal auquel ils voulaient remédier. L'exemple de la religieuse Hrotswitha (1), qui dans son monastère de Gandersheim, au Xe siècle, étudiait les chefs-d'œuvre du théâtre de Rome, et celui du clerc Geoffroy, dont nous allons bientôt parler, démontrent que les cloîtres et les écoles ecclésiastiques avaient conservé, avec les autres débris de la civilisation antique, une estime particulière pour les fictions du théâtre. Ces clercs et ces religieuses, du moins, ne se servaient de leurs souvenirs classiques que pour traiter des sujets pieux, propres à les édifier et à inspirer l'amour de la vertu.

Longtemps avant le Xe siècle, saint Grégoire de Nazianze avait composé sous le titre de Χριστὸς πάσχων un drame très court, et qui n'était guère qu'un dialogue entre un petit nombre de personnages; plus tard, un autre poète, peut-être Grégoire, évêque d'Antioche, en 572, traita le même sujet avec plus de développements dramatiques, mais moins d'exactitude et d'élégance; un troisième poète, que quelques critiques pensent avoir été un moine grec nommé Étienne, composa un nouveau drame sur les souffrances du Christ. Enfin quelque lettré du Bas-Empire, Tetzès probablement, fit un amalgame assez indigeste de ces trois drames, composés du IVe au VIIIe siècle, en les cousant fort négligemment ensemble, selon la méthode de juxtaposition généralement pratiquée au moyen âge (2). Ce n'est pas tout, Grégoire, prêtre, contemporain et biographe du grand évêque de Nazianze du même nom, affirme que ce prélat avait composé plusieurs comédies et des tragédies pieuses.

A peu près dans le même temps et dans la même contrée que saint Grégoire, les deux Apollinaire, le père et le fils, successivement évêques de Laodicée, composèrent des drames dans lesquels étaient

(1) *Hrotsuithæ opera, Patrologiæ cursus*, t. CXXXVII, col. 939-1208.

(2) Ch. Magnin, dans le *Journal des savants*, 1849, janvier, p. 12-26; mai, p. 275-288. — De Douhet, *op. cit.*, col. 583-588. — Eichstadt, *Drama christianum, quod* Χριστὸς πάσχων *inscribitur, nunc Gregorio Nazianzeno tribuendum.*

reproduits tous les principaux événements de l'Ancien et du Nouveau Testament. Socrate (1) nous apprend que ces deux poètes se proposaient en ce travail d'obvier aux inconvénients que devait produire la loi par laquelle l'empereur Julien l'Apostat défendait aux Chrétiens l'étude des belles-lettres. Il ajoute que ce labeur rendit le nom des Apollinaire beaucoup plus illustre encore qu'il n'avait été. Sozomène (2), qui raconte le même fait, dit positivement que les deux dramaturges chrétiens avaient imité et égalé les poètes de l'antiquité les plus fameux sur la scène. Les témoignages si positifs de ces deux historiens ne laissent aucun fondement à l'opinion de certains critiques modernes (3) qui confondent l'œuvre des Apollinaire avec le drame du *Christ souffrant*, tel qu'il nous est parvenu. Il faut remarquer en passant l'expression de Socrate qui affirme que les tragédies composées par les deux évêques de Laodicée rendirent leurs noms plus célèbres qu'ils n'étaient auparavant. D'où pouvait venir cette renommée, si la société chrétienne n'avait pas eu quelque usage d'un théâtre qui lui fût propre? Une autre remarque importante, c'est que dans cette rapsodie du xe ou du xie siècle, qui porte le nom du *Christ souffrant*, on trouve une grande quantité de vers empruntés à Eschyle, Lycophron et Euripide; et il en résulte qu'à cette époque la lecture des chefs-d'œuvre du théâtre grec n'était pas négligée dans les monastères et les écoles ecclésiastiques.

A côté de ce théâtre chrétien qui se proposait plus ou moins d'imiter le théâtre antique (4), nous trouvons une suite non interrompue de représentations dramatiques dans la liturgie de l'Église

(1) *Historia ecclesiastica*, lib. III, cap. XVI

(2) *Historia ecclesiastica*, lib. V, cap. XVIII.

(3) Danzio, *Doctrina patristica*, p. 481, cite plusieurs autres critiques qui sont de ce sentiment.

(4) Voltaire, dans son *Essai sur les mœurs*, chap. 82, a avancé, avec sa légèreté ordinaire, que les œuvres dramatiques de saint Grégoire de Nazianze avaient été l'origine des mystères. C'est méconnaître entièrement le caractère du théâtre hiératique du moyen âge. Les pièces du saint évêque de Nazianze étaient modelées sur Euripide, et ne ressemblaient pas plus aux mystères que les tragédies latines *classiques* composées plus tard par Buchanan, Muret, Heinsius, etc.

catholique. C'est là qu'il faut chercher l'origine véritable et pure des mystères. Celui qui voudra parcourir nos anciens *ordinaires*, ou seulement la savante collection de dom Martène qui porte pour titre : *De antiquis Ecclesiæ ritibus* et *De antiquis monachorum ritibus*, en trouvera la preuve surabondante (1). Dès le IIIe siècle, avant même que le glaive des bourreaux, continuellement suspendu sur la tête de ses enfants, se fût reposé, l'Église essayait de lutter contre les splendeurs de la scène païenne par la magnificence de ses liturgies. Comme nous tenons à rester dans le Maine, et à être bref autant que possible, nous ne toucherons ici ni aux scènes gracieuses auxquelles la fête de Noël conviait nos pères tous les ans, ni aux offices si lugubres et si dramatiques de la Grande Semaine (2). Nous choisirons de préférence une sorte d'intermède de l'office de matines au jour de la Résurrection. Nous nous arrêtons à ce choix parce que cet exemple est moins long que beaucoup d'autres dont nous pourrions parler, et parce qu'il nous suffira de traduire littéralement le texte de notre respectable Pierre Hennier, dans son *Ordinarium novum secundum usum Ecclesiæ Cenomanensis* (3).

Après que les leçons de l'office de matines avaient été récitées, tandis que l'on chantait le dernier répons, deux enfants de chœur, vêtus d'aubes et la tête couverte de leur amict, venaient s'asseoir près de l'autel majeur, l'un à droite et l'autre à gauche. Durant ce temps-là, trois jeunes clercs, en aubes et en dalmatiques blanches,

(1) MM. Félix Clément, les barons de Roisin et de Lafons-Mélicoq, de Coussemaker, l'abbé Bandeville, le baron de Girardot, Didron aîné, ont rempli les *Annales archéologiques* de travaux et d'articles relatifs au drame liturgique. L'expression même de *drame liturgique* appartient en propre au directeur des *Annales*. *Annales archéologiques*, t. VII p. 305 ; t. XVII p. 165, et passim. — *Bulletin du comité de la langue, de l'histoire et des arts de la France*, t. IV, p. 99, 106, 130, et passim. — Ch. Magnin, *Origines du théâtre moderne*, t. 1er, passim. — Saint-Marc-Girardin, *Du drame religieux en France*, loc. cit. — Magnin, dans le *Journal des savants*, 1846, p. 5 et suiv., p. 76 et suiv., et p. 449.

(2) Nous avons décrit dans notre *Histoire de l'Eglise du Mans*, t. III, p. 520 et suiv. la solennité du dimanche des Rameaux au Mans, à l'église cathédrale et à l'abbaye de la Couture, à la Ferté-Bernard et en quelques autres localités.

(3) Bibliothèque du Mans, Mss.

la tête couverte d'amicts blancs, précédés de deux clercs en chapes de soie et portant des torches allumées, visitaient successivement tous les autels de la basilique. Ils s'approchaient de ces autels, les baisaient avec respect, et se retiraient ensuite, prononçant d'une voix basse : « Il est ressuscité, il n'est plus ici. » Aussitôt que le chant du répons était terminé, les trois clercs venaient se placer devant l'autel majeur, après en avoir fait le tour, et les deux enfants, qui se tenaient assis près de cet autel, leur adressaient ces mots : « Que cherchez-vous dans ce tombeau, amis du Christ? » Les trois clercs leur répondaient : « Jésus de Nazareth qui a été crucifié, habitants du ciel. » Alors les enfants leur disaient : « Il n'est plus ici; il est ressuscité, comme il l'avait prédit : allez et annoncez qu'il est ressuscité. » Les trois clercs montaient ensuite à l'autel, soulevaient avec respect les voiles dont il était revêtu, et le baisaient. Puis ils s'avançaient vers le chœur, s'arrêtaient au bas du sanctuaire, et le visage tourné du côté du clergé et du peuple, ils chantaient sur un ton élevé : « Le Seigneur est ressuscité ! il est ressuscité, le lion fort, le Christ Fils de Dieu. » Le dialogue suivant s'engageait entre deux sous-chantres placés au milieu du chœur et les trois clercs demeurés dans la position que nous avons indiquée. Les sous-chantres : « Dis-nous, Marie, qu'as-tu vu dans le chemin? » — Le premier des clercs : « J'ai vu le sépulcre du Christ vivant, et la gloire de Jésus ressuscité. » — Le second clerc : « J'ai vu les anges témoins du prodige; j'ai vu le suaire et le linceul. — Le troisième clerc : « Jésus, mon espérance, est ressuscité; il précédera les siens en Galilée. » — Les sous-chantres : « Il est plus juste de croire à Marie, seul, mais fidèle témoin, qu'à la cohorte perfide et méchante des Juifs (1). » — Alors tout le chœur chantait avec enthousiasme : « Nous savons que le Christ est vraiment ressuscité d'entre les morts. O roi, vainqueur du trépas, ayez pitié de nous. Amen. » L'évêque entonnait l'hymne

(1) Credendum est magis soli
Mariæ veraci
Quam Judæorum pravæ cohorti.

Te Deum, et les trois clercs venaient dans le chœur porter le baiser de paix (1).

Ainsi se terminait au Mans cette pieuse cérémonie, vers le lever de l'aurore, au moment même où le Sauveur des hommes sortit victorieux du tombeau. En d'autres Églises, à Bayeux, à Poitiers, à Metz, à Verdun en l'abbaye de Saint-Vannes, à Limoges en l'abbaye de Saint-Martial, à Narbonne, à Angers, et dans la plupart des autres Églises de la France, tant séculières que régulières, on retrouve la même cérémonie. Les plus anciennes traces positives de ces rites figurés sont du VIIIe ou IXe siècle, et ils se pratiquaient encore au Mans et à Angers dans le XVIIe siècle, et peut-être même durant le

(1) Lectis autem lectionibus (matutinalibus in die Resurrectionis Domini), dum tercium responsorium cantabitur, veniant duo pueri induti albis et opertis capitibus et sedeant juxta altare, unus a dexteris et alius a sinistris. Interim tres juvenes clerici induti dalmaticis albis opertis capitibus candidis amittibus faciant processionem eundo ante omnia altaria et visitando ea, precedentibus duobus clericis in capis cericis portantibus duas torchias, et exeant silendo vel dicendo submissa voce : Surrexit, non est hic, osculando quodlibet altare.

Finito vero tercio responsorio veniant illi tres clerici ante magnum altare quibus semel altare circumeuntibus duo predicti pueri qui juxta sederint dicant submissa voce : Quem quæritis in sepulchro, o christicole? et quibus tres predicti humili voce respondeant : Jhesum Nazarenum crucifixum, o celicole. Item duo pueri nihilominus respondeant : Non est hic, surrexit sicut predixit, ite, nunciate quia surrexit.

Tunc tres clerici accedentes ad altare cum reverentia sublevent palium cum quo sepulchrum fuerit coopertum, et sic osculato altari recedentes veniant ante chorum, et verso dorso ad altare versus chorum vultu cantent alta voce : Alleluia; resurrexit Dominus hodie, resurrexit Leo fortis, Christus Filius Dei.

Duo succentores stantes in medio chori et Mariæ in introitu dicant alta voce : Dic nobis, Maria, quid vidisti in via? Una illarum respondet : Sepulchrum Christi viventis, et gloriam vidi resurgentis. Secunda dicat : Angelicos testes, etc. Tertia dicat : Surrexit Christus spes nostra, etc... Tunc succentores dicant : Credendum est magis soli, etc. Et tunc chorus alta voce dicat : Scimus Christum surrexisse, etc. Et sic incipiat Episcopus Te Deum. Predicti vero tres clerici veniant in chorum et dent pacis osculum omnibus, incipientes a senioribus, ac dicentes unicuique : Resurrexit Dominus, quibus singuli respondeant : Deo gratias. Versus sacerdotalis : Surrexit Dominus vere. — Petrus Hennier, *Ordinarium novum secundum usum Ecclesiæ Cenomanensis*.

siècle suivant. Les ordinaires les plus anciens, qui font mention de cette pieuse cérémonie, y ajoutent certaines circonstances propres à la rendre plus saisissante et plus dramatique ; mais plus on se rapproche des temps modernes, plus on voit disparaître ce qui peut ressentir l'appareil théâtral (1). Généralement la scène ne se passait pas uniquement dans le chœur, comme au Mans, mais le clergé se rendait au sépulcre, et c'était là que s'ouvrait la cérémonie qui se terminait dans les stalles (2).

N'y a-t-il pas dans ces rites figurés un mystère en germe? Développez les dialogues: augmentez, si vous le voulez, le nombre des personnages, et vous avez un drame complet. Certes, lorsque l'on était témoin de l'attendrissement avec lequel des populations profondément chrétiennes assistaient à ces rites sacrés, et à d'autres cérémonies de même caractère qui se représentaient plusieurs fois dans l'année, à Noël, à l'Épiphanie, au dimanche des Rameaux, à Pâques, à l'Ascension, à la Pentecôte, à la fête de l'Annonciation, il ne fallait pas un grand effort d'imagination pour transporter la scène sur un théâtre (3). Aussi voyons-nous que dès le XIe siècle, dans l'abbaye de Saint-Benoît-sur-Loire, l'un des pèlerinages les plus fréquentés de l'époque, et en même temps l'une des écoles les plus brillantes de l'Église d'Occident, la cérémonie dont nous venons de parler, était devenue un véritable mystère (4).

(1) Dom Martène, *de Antiquis Ecclesiæ ritibus*, t. III, col. 482, 484, et passim. — De Moléon (Le Brun des Marettes), *Voyages liturgiques de France*, p. 98. — De Douhet, *op. cit.* col. 855 et suiv. — *Bulletin du comité de la langue, de l'histoire et des arts de la France*, t. IV, p. 106, 130 et passim.

(2) Cette visite au sépulcre explique pourquoi la plupart des églises possédaient une chapelle où la sépulture du Sauveur était représentée. Le diocèse du Mans conserve plusieurs sépulcres remarquables ; le plus beau est celui de l'abbaye de Solesmes.

(3) La Bouderie et Montmerqué, *Li jus saint Nicolaï*, par Jehan Bodel, publié par la Société des bibliophiles français, 1834, in-8°. — Du Cange, *Glossarium infimæ latinitatis*, v°, *Festum* (*Ascensionis*), et passim.

(4) O. Leroy, *Etudes sur les mystères*, p. 4. — Ach. Jubinal, *Mystères inédits du XVe siècle.* — De Douhet, *ouv. cit.*, col. 199 et suiv. — La Bouderie et Montmerqué, *Li jus saint Nicolai*, *par Jehan Bodel*, pièces jointes. — *Théâtre français*

Quelques circonstances particulières devaient aider l'avénement du théâtre hiératique. Ainsi lorsqu'après les ravages du IXe et du Xe siècle, on sentit de toutes parts la nécessité de rebâtir les églises renversées ou prêtes à s'écrouler, les clercs prirent sur leurs épaules les châsses qui contenaient les reliques de leurs saints patrons, et parcoururent les diverses provinces pour recueillir des aumônes. Afin d'exciter plus efficacement la piété des fidèles, ils ne se contentèrent pas de raconter la vie du saint dont ils se réclamaient, et les prodiges qu'il avait opérés; ils chantèrent ces actions merveilleuses dans des poèmes à la portée de leurs auditeurs; quelquefois même ils les représentèrent par des scènes peu développées, mais pathétiques (1). Un peu plus tard, les pèlerins qui avaient visité Jérusalem, les tombeaux des Apôtres à Rome, Saint-Jacques de Compostelle, la Sainte-Baume en Provence, Sainte-Reine en Bourgogne, le Mont-Saint-Michel, Notre-Dame-du-Puy, Saint-Martin à Tours, et autres lieux chers à la piété des fidèles, se servirent du même moyen pour suppléer aux récits qu'ils faisaient des merveilles dont ils avaient été témoins (2). Ces faits ne démontrents-ils pas que le drame hiératique s'est toujours conservé depuis les premiers temps de l'ère chrétienne, par une tradition plus ou moins claire?

Nous serions porté encore à voir une preuve que le théâtre religieux du moyen âge était une tradition conservée par la hiérarchie sacrée elle-même, dans son caractère d'universalité. On le trouve le même en Italie, en Allemagne, en France, en Angleterre et en Espagne, où il a produit un grand nombre de vrais chefs-d'œuvre, et où il règne encore malgré les efforts tentés de nos jours pour détruire les vieilles mœurs nationales. Enfin ce qui achève de démon-

au moyen âge, publié d'après les manuscrits de la Bibliothèque du Roi, par MM. Montmerqué et Francisque Michel, Paris, 1839, in-8°. — Ch. Magnin, *Journal des savants*, 1846, p. 5, 76, 449 et suiv.

(1) Arthur Dinaux, *Les trouvères artésiens*. — Idem, *Trouvères, jongleurs et ménestrels du Nord de la France*. — Sainte-Beuve, *Tableau de la poésie au* XVIe *siècle*, t. I, p. 218.

(2) Raynouard, *Journal des savants*, 1836, p. 365. — *Histoire littéraire de la France*, t. XVI, p. 245.

trer, à nos yeux du moins, que les premiers mystères et miracles furent composés et représentés uniquement dans un but de piété, comme un supplément à la prédication et un complément du culte, c'est que les plus anciens essais de ces compositions sont remarquables par leur conformité avec le texte même des Ecritures divinement inspirées, ou les actes des martyrs et les vies des saints les plus authentiques. Les poètes s'y montrent très sobres d'ornements étrangers, de personnages intrus, de détails oiseux et vulgaires; ils ne puisent pas encore aux sources suspectes des apocryphes, et l'action du drame est limitée à la simple exposition du fait principal.

Nous n'insisterons pas sur une autre considération qui pourrait acquérir du poids dans la question présente, si l'on venait à découvrir les noms des auteurs de ces poésies religieuses; tous ceux qui sont connus antérieurs au XIIIe siècle sont des membres du clergé séculier ou régulier; le plus grand nombre même appartenait à l'ordre monastique. Ce ne fut d'ailleurs que dans la seconde moitié de ce XIIIe siècle, peut-être trop vanté de nos jours au détriment de ceux qui l'avaient devancé, que l'art se sécularisa, et que, passant des mains des moines en celles des laïques, il se dépouilla de son caractère toujours recueilli et grave, pour revêtir des formes plus hardies, il est vrai, plus élégantes, mais moins en harmonie avec les mystères d'un Dieu fait homme (1).

Ainsi la piété chrétienne, alarmée, tenta de substituer aux chants licencieux des jongleurs des spectacles plus honnêtes (2). En mettant en action dans la liturgie des scènes de l'Évangile, le clergé eut pour but d'instruire le peuple, qui ne savait pas lire, et n'avait pas

(1) Dans la comédie grecque, où le public faisait corps avec le théâtre, comme au moyen âge, il y avait la parabase, espèce de harangue politique ou morale que le poète adressait en son nom au spectateur. Les mystères avaient aussi leur parabase, qui était un sermon qu'un des acteurs adressait à l'auditoire, tantôt au commencement, tantôt à la fin du mystère, et parfois même au milieu. Chacun prenait sa part du sermon; et le théâtre se trouvait ainsi pour un moment transformé en église, sans que personne s'en étonnât: tant les spectacles de ce temps, par leurs sujets et par leurs acteurs, étaient mêlés à la vie religieuse du peuple.

(2) D. Rivet, *Histoire littéraire de la France*, t. VII, p. 66.

même de livres (1). Enfin pour initier des populations sans lettres aux sublimes mystères de la religion, fixer la turbulence d'hommes accoutumés à une vie de combats et d'aventures, les prêtres et les moines comprirent la nécessité de leur traduire la divine épopée en symboliques narrations, en pathétiques légendes (2). Les anathèmes de l'Église contre le théâtre à toutes les époques étaient dirigés, non contre les scènes hiératiques dont nous parlons ici, mais contre le théâtre profane dont nous avons montré la persévérance à côté et en dehors des mystères et des miracles, ou contre les abus qui se glissèrent dans la représentation de ceux-ci, surtout dans le XVIe siècle (3). Enfin Clément VI (1342-1352) accorda mille jours d'indulgence aux personnes pieuses qui suivraient le cours des pièces saintes représentées à Chester (4).

Lorsque en 1402 des bourgeois de Paris se firent reconnaître par l'autorité royale comme Confrères de la Passion (5), et érigèrent un théâtre destiné principalement à reproduire les scènes de la mort du Fils de Dieu, leur but était encore tout religieux. Mais dans les grands centres de population, ces spectacles ne tardèrent pas longtemps à devenir un élément de récréation publique; dès lors les auteurs s'appliquèrent à complaire à la multitude, et ils employèrent, pour la fixer à la représentation de leurs jeux et mystères, des moyens dramatiques en rapport avec ses goûts. Il fallut introduire certaine conformité de langage et d'habitudes de vie entre le peuple de la scène et celui des banquettes. Celui-ci prit d'autant plus

(1) De Larue, *Essais historiques sur les bardes normands et anglo-normands.*

(2) Louis Paris, *Toiles peintes et tapisseries de la ville de Reims*, t. I, préf.

(3) Au siècle dernier, le savant dom Martin Gerbert, abbé de Saint-Blaise, dans la Forêt-Noire, soutint que l'Église avait toujours répudié absolument le théâtre, et qu'on lui avait fait violence même par la représentation des mystères. *Vid. De cantu et musica sacra*, in-4°, 2 vol.; — *Veteris liturgiæ allemanicæ monumenta*, in-4°, 2 vol; — *Vetus liturgia allemanica*, in-4°, 2 vol. Le même point de vue a été adopté dernièrement par M. le comte de Douhet, ouv. cit.

(4) Warton, *Histoire de la poésie anglaise*, section XXVII, t. III, p. 44. — Sainte-Beuve, *Tableau de la poésie française et du théâtre français au* XVIe *siècle*, t. 1, p. 220. — Châteaubriand, *Essai sur la littérature anglaise*, t. I, p. 91.

(5) Taillandier, *Notice sur les confrères de la Passion*, in-8°.

d'attrait au spectacle, qu'il y vit, à côté du sublime et du pathétique des livres saints et des légendes véritables, la peinture des mœurs de son temps, des vices et des ridicules de son siècle, avec leur cynisme et leur grossière trivialité. Toutefois il ne faut jamais oublier que le but évident des auteurs de ces pièces était de toucher et de convertir, et que le spectateur devait sortir de ces représentations avec le désir de réformer ses mœurs et de vivre plus chrétiennement (1). Nous devions donner ces explications préliminaires, parce que nous aurons tout à l'heure l'occasion de constater la part que le clergé du Maine a prise dans ces spectacles, et parce que la justice envers nos pères, d'un temps si différent du nôtre, nous semble un devoir qui a été méconnu trop souvent.

II.

Le premier nom inscrit en tête du théâtre hiératique du moyen âge, c'est le nom d'un Manceau, d'un clerc élevé dans l'école ecclésiastique du Mans, d'un disciple de saint Benoît. Écoutons d'abord le récit de Mathieu Paris : « L'abbé Geoffroy (2) naquit d'une famille illustre dans le Maine et la Normandie; il ne fut pas seulement remarquable par la pureté de ses mœurs, mais encore par ses vastes connaissances théologiques. Lors de la mort de l'abbé Richard (1119),

(1) Louis Paris, *Tapisseries et toiles peintes de la ville de Reims*, fol. 1, introd. — Sainte-Beuve, *Tableau de la poésie française au* XVIe *siècle*, t. I, p. 233. — Raynouard, *Discours de réception à l'Académie française*, et dans le *Journal des savants*, 1836, p. 365 et suiv.

(2) Gaufridus abbas. Hic ex illustri Cenomanensium et Normannorum progenie exortus, non solum morum honestate præditus, sed divina scientia satis extitit exornatus... Iste de Cenomania, unde oriundus erat, venit vocatus ab abbate Richardo, dum adhuc secularis esset, ut scholam apud Sanctum-Albanum regeret... Legit igitur apud Dunestapliam, expectans scholam Sancti-Albani sibi repromissam, ubi quemdam ludum de Sancta Katerina (quem miracula vulgariter appellamus) fecit. Ad quæ decoranda petiit a sacrista Sancti-Albani, ut sibi capæ chorales accommodarentur et obtinuit. Et fuit ludus ille de sancta Katerina... Matthæus Paris, *Vitæ viginti trium Sancti-Albani abbatum*, p. 35, éd. in-fol. Parisiis, 1644. — Cfr. D. Mabillon, *Acta Sanctorum O. S. B.* t. II, p. 991, n° 1.

élu à l'unanimité par les moines de notre Église, et accepté par le roi d'Angleterre Henri Ier, il fut forcé, malgré sa résistance, de prendre en main le gouvernement de l'abbaye (de Saint-Albans). Il était venu du Mans, lieu de sa naissance, à l'instigation de l'abbé Richard, étant encore séculier, pour diriger l'école de Saint-Albans. A son arrivée, l'école avait été donnée à un autre maître, parce que Geoffroy n'était pas arrivé au temps voulu; c'est pourquoi il s'établit à Dunestaple, en attendant la vacance de l'école qu'on lui avait promise. C'est dans ce temps qu'il fit le *jeu de sainte Catherine*, que nous appelons communément *les miracles*. Il avait prié le sacristain de Saint-Albans de lui prêter, pour la représentation, les chapes de chœur, et n'avait pas été refusé. Le *jeu de sainte Catherine* fut donné sur la scène; mais le malheur voulut que, durant la nuit qui suivit la représentation, le feu prît dans la demeure du savant Geoffroy; la maison brûla entièrement, les livres du maître furent consumés, et avec eux les chapes. Ne sachant comment réparer le dommage fait à Dieu et à Saint-Albans, Geoffroy se donna lui-même en expiation, et prit l'habit monastique dans cette abbaye. Dans la suite, devenu abbé, il eut grand soin de faire faire des chapes pour le chœur remarquables par leur beauté et leur richesse.

« Il veillait continuellement sur le repos et le bien-être de ses enfants et frères spirituels, et, toujours d'un calme parfait, il fit régner dans son monastère la joie et la paix... Il mourut en l'année 1146. »

Nous avons essayé de retracer ailleurs (1) le tableau de l'école ecclésiastique du Mans durant la dernière moitié du XIe siècle. Elle ne connut jamais d'époque plus florissante; sous la conduite des écolâtres Robert, Arnaud, Hubert, et sous la protection des évêques Gervais de Château-du-Loir, Vulgrin, Arnaud, Hoël et Hildebert, elle produisit un grand nombre d'hommes éminents. Geoffroy dut être le condisciple de Hildebert, de Radulphe, de Guicher, de Geoffroy de Mayenne, d'Hubert, de Bernard, et peut-être du vénérable Hervé. Tous ces illustres élèves de l'école de Saint-Julien furent appelés

(1) Voir notre *Histoire de l'Église du Mans*, t. III, chap. XVI, par. 2 et 4.

pour enseigner la jeunesse dans d'autres Églises, et quelques-uns finirent par s'asseoir sur des siéges épiscopaux. Geoffroy obtint la conduite de l'école de Saint-Albans, et fut enfin élu à la dignité d'abbé de ce monastère, prélature qui tenait un haut rang dans l'Église d'Angleterre. Il y porta les exercices littéraires auxquels il était accoutumé de prendre part au Mans; et entre les différents moyens académiques dont il usait pour stimuler l'esprit de ses disciples, il leur faisait représenter des tragédies dont les sujets étaient empruntés aux livres saints et à l'histoire de l'Église. Notre abbé inaugura-t-il par là un nouveau genre d'enseignement public des dogmes et de l'histoire du christianisme? Nous l'avions pensé d'abord; mais le récit de Mathieu Pâris, examiné avec un nouveau soin, ne le prouve pas clairement. Toutefois on peut en conclure que la représentation du *jeu* ou du *miracle de sainte Catherine* était au XIe siècle un usage établi dans l'école du Mans (1). Au reste rien ne pouvait plus fortement intéresser la jeunesse studieuse et chrétienne que l'histoire de l'illustre vierge d'Alexandrie, elle qui avait remporté la palme de la science sur les philosophes païens, avant de cueillir la palme du martyre en luttant contre les tyrans. Dès le VIe siècle, sainte Catherine d'Alexandrie n'était pas moins célèbre comme patronne des enfants et des écoliers, que saint Nicolas lui-même; la discipline se relâchait à leurs fêtes; des *jeux* avaient lieu, en leur honneur, dans les écoles et les monastères, où il y avait toujours des cours d'études; ces réjouissances ouvraient la fameuse période de la liberté de décembre; et le *Jeu de sainte Catherine* n'est qu'un témoignage qui nous reste de ces usages (2).

Au siècle dernier, D. Rivet et ses confrères, qui rédigeaient dans l'abbaye de Saint-Vincent du Mans l'*Histoire littéraire de la France*, soulevèrent les premiers une question très-importante pour nous : Quel est, se demandèrent-ils, l'auteur du drame de sainte Catherine? Ils l'attribuèrent à Ainard, premier abbé de Saint-Pierre-sur-Dive,

(1) Cfr. Du Boulay, *Historia Universitatis Parisiensis*, t. I, p. 226. — Le Beuf, *Dissertations sur l'histoire ecclésiastique et civile de Paris*, t. II, p. 65, — Raynouard, *Journal des savants*, 1836, p. 367.

(2) Magnin, *Journal des savants*, 1846, p. 461. — De Douhet, *ouv. cit.*, col. 228.

poète fameux de son temps, auteur de chants sur sainte Catherine et sur saint Kilien de Wirtzbourg (1). Les critiques modernes ne semblent pas avoir remarqué ce sentiment. De Roquefort Flaméricourt assure que Geoffroy du Mans introduisit en Angleterre le goût du théâtre, en y faisant représenter le *jeu de sainte Catherine* (2). L'abbé de Larue attribue également le miracle de sainte Catherine à Geoffroy, et prétend que ce fut la première pièce tragique composée en notre langue (3). Châteaubriand a soutenu la même opinion. « Geoffroy, abbé de Saint-Albans, dit-il, composa en langue d'Oïl le *miracle de sainte Catherine* : c'est le premier drame écrit en français, dont jusqu'ici on ait connaissance (4). » Un habile philologue, M. Raynouard, trouve que l'affirmation de l'abbé de Larue, relative à l'idiome dans lequel fut écrit un drame dont il ne reste rien qu'une mention accidentelle dans une anecdote biographique, est entièrement dépourvue de base, et il penche à croire que la pièce de Geoffroy fut composée en latin (5). Depuis, M. O. Leroy a adopté l'opinion de Raynouard, et il a appuyé son sentiment d'une comparaison avec les chansons d'Abailard, nouvellement découvertes, et écrites en latin ; il croit y voir une preuve que la poésie, au XIIe siècle, n'essayait pas encore de traduire les passions humaines dans la langue vulgaire (6). Nous n'entreprendrons pas une discussion nouvelle sur ce sujet; il nous faudrait plus d'espace que nous n'en avons ici : seulement, si, comme on le croit, l'époque à laquelle le jeu des mystères obtint le plus de vogue fut le XIIe et le XIIIe siècle (7), il

(1) Orderic Vital, *Historia ecclesiastica*, t. II, p. 13, 247, 292, 293 et 430, éd. Le Prevost. — *Histoire littéraire de la France*, t. VII, p. 71 et 143 ; t. VIII, p. 43-45.

(2) *De l'état de la poésie française dans les* XIIe *et* XIIIe *siècles*, p. 263.

(3) L'abbé de Larue, *Essais historiques sur les bardes normands*, t. I, p. 164 ; t. II, p. 55.

(4) *Essai sur la littérature anglaise*, t. I, p. 91.

(5) *Journal des savants*, 1836, juin, p. 365 et suiv.

(6) *Études sur les mystères*, p. 9. — *Époques de l'histoire de France en rapport avec les mystères*, p. 69.

(7) Francisque Michel, *Lettre à M. Montmerqué* dans *l'Athenæum français*, 1854, p. 1133.

est difficile de croire que les auteurs n'eussent pas adopté le langage de la multitude. Les écoliers, qui formaient comme une cité dans la cité, à peu près comme on le voit encore de nos jours dans plusieurs villes de l'Allemagne, pouvaient affecter par pédanterie de représenter des drames et de chanter des chansons dans la langue des écoles; mais le peuple avait son théâtre à lui, et il devait exiger que ses acteurs lui parlassent une langue qu'il comprenait. Enfin, dans le fameux *Mystère des vierges sages et des vierges folles*, ou de l'*Arrivée de l'Époux*, que contient un célèbre manuscrit de l'abbaye de Saint-Martial de Limoges, et qui date du xe siècle, on voit déjà certaines parties du drame en langue romane (1).

Après avoir montré l'existence du théâtre hiératique dans le Maine dès le xie siècle, et avoir constaté que le poète le plus ancien, qui ait attaché son nom aux miracles et mystères du moyen âge, était un enfant de notre pays, il est pénible de ne pouvoir pas suivre la marche de ces scènes chrétiennes dans notre belle province. Mais le défaut de documents positifs nous oblige à descendre tout d'un coup jusqu'au commencement du xve siècle, c'est-à-dire à l'époque où le caractère du théâtre hiératique commença visiblement à s'altérer, et où le mélange d'éléments moins purs se fit le plus fortement sentir.

En 1417, Yolande d'Aragon, veuve de Louis II, comte du Maine, duc d'Anjou, prit en main le gouvernement de notre province au nom de son fils Louis III. Cette princesse, dont les traits resplendissent encore dans le beau vitrail de la Rose en la cathédrale du Mans, aimait les arts, et les favorisait avec goût et discernement. L'art dramatique avait un attrait particulier pour elle, et les historiens nous racontent qu'elle se délectait à faire représenter devant elle les mystères et miracles dans toutes les villes où elle faisait son séjour. Cette heureuse influence dut se faire sentir au Mans, où la reine apposa plus d'une fois sa signature à des actes publics.

Une impulsion plus puissante encore pour les œuvres de l'intelligence, commença bientôt à agir dans le Maine. En 1434 notre pro-

(1) Le comte de Douhet, *ouv. cit.*, col. 504. — Clr. D. Liron, *Singularités historiques et littéraires*, t. I, p. 129 et suiv.

vince devint l'apanage de René, second fils d'Yolande, roi titulaire de Jérusalem et de Sicile, duc d'Anjou, que l'histoire connaît surtout sous le nom du bon roi René. Assez peu habile dans la politique, et presque toujours malheureux dans les armes, ce prince s'occupa de préférence de la culture des beaux-arts. Il attira dans ses états les poètes, les peintres et les sculpteurs. Lui-même voulut manier le pinceau; mais il réussit surtout dans la poésie. De tous les poètes que ce prince parvint à établir dans ses états, il n'y en a pas qui aient mérité une aussi juste renommée que les deux frères Arnoul et Simon Gréban. Ils étaient nés à Compiègne, dans les premières années du XVe siècle, et s'étaient consacrés tous les deux à la vie cléricale. Arnoul, l'aîné, fut pourvu d'un canonicat en l'église cathédrale de Saint-Julien, par le comte René (1), et vint fixer son séjour au Mans. Il y trouva, surtout parmi ses confrères les chanoines du chapitre diocésain, un bon nombre de personnes lettrées, chez qui le savoir était en honneur. Son frère, Simon Gréban, s'était consacré à Dieu dans la vie monastique en l'abbaye de Saint-Riquier en Ponthieu; il fut également attiré au Mans par René le Bon. Charles Ier, troisième fils de Louis II, ayant obtenu le comté du Maine en 1440, par cession de son frère René, témoigna à ce religieux une juste estime, et lui donna le titre de son secrétaire (2). Simon Gréban composa plusieurs épitaphes sur la mort de Charles VII, roi de France, en forme d'églogues et de pastorales (3).

Etienne Pasquier, en ses *Recherches de la France* (4), vante beaucoup le mérite des deux illustres frères. « Tout cet entrejet de temps, » dit-il, jusques vers l'avénement du roy François Ier de ce nom, » nous enfanta plusieurs rimeurs, les uns plus, les autres moins » recommandez par leurs œuvres : Arnoul et Simon Grebans frères » nez de la ville du Mans, Georges de Chasletain, François de Villon, » Coquillart, official de Reims, Meschinot, Moulinet; mais surtout

(1) Probablement en vertu du droit de joyeux avénement.

(2) Les frères Parfaict, *Histoire du théâtre français*, t. II, p. 234.

(3) La Croix du Maine, *Bibliothèque française*, p. 456.

(4) Liv. VII, chap. 5.

» me plaist celui qui composa la farce de maistre Pierre Patelin. » Puis, il cite une épigramme adressée par Clément Marot à Hugues Salel, dans laquelle, faisant l'éloge des premiers poètes de son temps, le favori de François Ier s'exprime ainsi :

Les deux Grébans ont le Mans honoré,
Nantes la Brete en Meschinot se baigne,
De Coquillart s'esjouyt la Champaigne,
Quercy de toy, Salel, se vantera,
Et, comme croy, de moy ne se taira.

« Je vois, ajoute Pasquier, que les deux Grébans frères, dont Marot » fait mention, furent grandement célébrez par les nostres. Car Jean » Le Maire, en sa préface du *Temple de Vénus*, les met au nombre de » ceux qui avaient le mieux écrit en notre langue. Le semblable fait » Geoffroy Toré en son *Champ flory*... » Puis il parle des vers qu'Arnoul avait composés en l'honneur de la Mère de Dieu. Il ajoute que l'auteur du *Viel Art poétique françois* rapporte qu'Arnoul Gréban inventa le premier une sorte de rime nouvelle et fort au goût de ses contemporains.

Mais quel que fût le mérite de ces petits poèmes, il est probable que ces deux illustres frères n'eussent point conquis la renommée à laquelle ils sont parvenus, s'ils n'avaient composé un grand ouvrage qui fait époque dans l'histoire de notre théâtre national. C'est cette œuvre que Pierre Curet, chanoine du Mans, célèbre en ces vers :

Simon Gréban, bon poète estimé
Même en son temps, print la peine d'écrire
Comme le vois, moult doulcement rithmé.
Un frère il eust, Arnoul Gréban nommé,
Gentil ouvrier en pareil science,
Et inventeur de grande véhémence (1).

L'ouvrage qui a mérité ces éloges tant soit peu emphatiques, c'est le *Triomphant mystère des Actes des Apostres translaté fidèlement à la*

(1) *Prologue des Actes des Apôtres*, édit. 1540.

vérité historiale, escripte par saint Luc à Téophile, et illustré des légendes authentiques et vies des saincts reçues par l'Église. Tout ordonné par personnages. Ce mystère fut commencé par Arnoul Gréban et achevé par son frère Simon. Tout ce poème contient environ quatre-vingt mille vers. Il fut imprimé pour la première fois à Paris, en 1537, en 2 vol. in-fol. La seconde édition est de 1540, 2 vol. in-4°, et la troisième de 1541, à laquelle on a ajouté l'*Apocalypse de saint Jean*, dont Louis Choquet est auteur (5 vol. in-fol). La première édition fut donnée par Pierre Curet, chanoine du Mans, qui fit quelques corrections à l'œuvre des deux poètes (1).

On voit par les nombreuses éditions de ce mystère de quelle estime il jouissait au commencement du XVIe siècle. Cet ouvrage, en effet, est le plus beau et le mieux versifié de tous les mystères du XVe siècle, après celui de la Passion dont nous aurons bientôt à parler (2). Mais le *triomphant mystère des Actes des Apôtres* fut-il représenté au Mans du vivant des deux auteurs? Nous n'en avons aucune preuve positive; et toutefois il serait bien invraisemblable qu'il n'en eût pas été ainsi. René le Bon et toute sa cour se complaisaient beaucoup aux représentations théâtrales; la reine Yolande avait développé chez nos aïeux du XVe siècle le goût des jeux de la scène, déjà fort ancien chez eux (3). Pourquoi les deux Gréban se seraient-ils établis au Mans? Comment expliquer les honneurs extraordinaires qui leur furent rendus après leur mort, si leur œuvre n'avait joui dans notre province d'une juste et universelle approbation? Lorsque Simon mourut, en effet, il fut enseveli dans l'église cathédrale, et on lui érigea un beau monument devant l'autel de Saint-Michel. Ce tombeau fut détruit lorsque les calvinistes, en 1562, ren-

(1) La Croix du Maine, *Bibliothèque française*, p. 391. — Cfr. Hauréau, *Histoire littéraire du Maine*, t. III, p. 242 et 457.

(2) Les frères Parfaict, *Histoire du théâtre français*, t. II, p. 377. — Sainte-Beuve, *Tableau historique et critique de la poésie française au* XVIe *siècle*, t. I, p. 217 et suiv.

(3) De Villeneuve-Bargemont, *Histoire du roi René*, t. II, p. 247-259; t. III, p. 86-88. — Cfr. *Œuvres complètes du roi René*, publiées par M. le comte de Quatrebarbes, t. I, p. LXXIV, XCIV, CXII, et passim.

versèrent tant d'autres monuments des arts, qui faisaient l'ornement de notre magnifique basilique (1). D'ailleurs Le Mans, Bourges, Rouen, Angers, Tours, Paris et Metz sont signalées par tous les historiens comme les premières villes de France où l'existence d'un théâtre permanent se fait reconnaître (2); et M. Magnin constate que le mystère des *Actes des Apôtres* est l'une des premières pièces qui ont nécessité l'établissement d'un théâtre permanent, qui devint peu à peu quotidien (3). On croit que ce mystère fut représenté de nouveau au Mans en 1510 ou 1511, lorsque le chanoine Pierre Curet le retoucha (4). Cette conjecture est d'autant plus vraisemblable, que le cardinal Philippe de Luxembourg, alors évêque du Mans, avait imprimé un puissant élan à tous les arts dans le Maine (5), et nous verrons même tout à l'heure que ce prélat, si éclairé et si pieux, introduisait les jeux scéniques jusque dans son palais. Enfin un document positif, cité par La Croix du Maine (6), nous apprend que le mystère des *Actes des Apôtres* fut joué à Bourges en 1536, dans l'ancien amphithéâtre des Arènes. Il fut ensuite représenté au Mans, puis à Angers (7), à Tours en 1540, et à Paris en 1541.

La représentation de ce mystère ne dura pas moins de quarante jours à Bourges. Douze des principaux bourgeois de cette ville l'entreprirent, et remplirent les rôles des Apôtres; et il en fut sans doute de même au Mans. On y déploya un appareil somptueux de machines, de peintures, de tapisseries, de costumes pour les acteurs, et de décorations de toute espèce (8). Ce fut par ordre de François Ier

(1) *Histoire de l'Église du Mans*, chap. XXIX; nous donnons dans les pièces justificatives, les procès-verbaux encore inédits du pillage de l'église de Saint-Julien.

(2) Les frères Parfaict, *ouv. cit.* — L'abbé Desfontaines, *Observations sur les écrits modernes*.

(3) *Journal des savants*, 1846, janvier, p. 12.

(4) Le comte de Douhet, *ouv. cit.*, col. 79.

(5) *Histoire de l'Église du Mans*, chap. XXVII.

(6) *Bibliothèque française*, p. 456. — Les frères Parfaict, *Histoire du théâtre français*, t. II, p. 377.

(7) Voir M. Aimé de Soland, *Théâtre angevin*, dans la *Revue de l'Anjou*.

(8) *Annales archéologiques*, publiées par Didron. — Chaumeau, *Histoire du Berry*, liv. VI, chap. 7, p. 237. — Catherinot, *Annales typographiques de Bourges*, p. 3.

lui-même et du prévôt de Paris, que les *Actes des Apôtres* furent représentés à Paris en 1541; et rien ne fut épargné pour rendre le spectacle magnifique. Les intermèdes étaient remplis par des chants d'Église. Les psaumes, les hymnes et les proses étaient les *opéras* de ce temps-là, selon l'expression du P. Ménétrier. Le théâtre offrait trois régions principales : le paradis, la terre et l'enfer, et sur la terre on voyageait sans difficulté d'une région à l'autre. Le paradis était représenté par l'échafaud le plus élevé, et avait la forme d'un trône. Dieu le Père y régnait sur une chaise d'or, entouré de la Paix, de la Miséricorde, de la Justice, de la Vérité et des neuf chœurs des anges, rangés en ordre par étages. L'enfer comprenait la partie inférieure du théâtre, dont l'entrée avait la forme d'une grande gueule de dragon qui s'ouvrait lorsque les diables devaient y descendre ou en sortir. La terre, placée entre le ciel et l'enfer, se divisait en un grand nombre de compartiments, dont les écriteaux annonçaient la destination; les uns représentaient des maisons, d'autres des villes et des contrées. Le caractère et le rôle des différents personnages étaient indiqués par des symboles. Les âmes des bienheureux étaient figurées avec un long voile blanc, et celles des damnés avec une robe rouge et noire (1).

(1) Pour tous ces détails de mise en scène et beaucoup d'autres que nous ne pouvons rapporter, voir *Le Mystère de l'Incarnation et de la Nativité de Notre Seigneur Jésus-Christ*, in-fol. goth. s. d.; l'ouvrage des frères Parfaict, t. II, p. 494, celui du comte de Douhet, col. 523 et suiv., et Sainte-Beuve, *ouv. cit.*, t. I, p. 224 et suiv.

III.

L'étendue du mystère des *Actes des Apôtres* ne peut nous permettre d'en faire ici une analyse complète; d'un autre côté, il serait impossible de donner à nos lecteurs une idée de ces étranges compositions dramatiques, si nous ne leur en faisions connaître quelques livres — les termes d'actes et de scènes n'étaient pas usités dans l'origine (1).

Livre Ier. — « Après l'Ascension de Jésus-Christ, les Apôtres s'assemblent, et élisent saint Matthias, pour remplir la place dont Judas s'est rendu indigne par ses crimes. Lucifer, ignorant ce qui se passe, ordonne aux démons de parcourir le monde. Ces malins esprits, avant de sortir, lui demandent sa bénédiction. »

LUCIFER.

Que recevons pour bénédiction?
Dyables dampnez en malédiction!
Dessus vous tous, par puissance interdicte,
Ma patte estens qui est de Dieu mauldicte,
Pour de tous maulx et malfaictz vous absoudre.
Sortez, courrez, que malédicte fouldre, etc.

(1) Les frères Parfaict, *ouv. cit.*, t. II, ont donné une longue analyse des *Actes des Apôtres*; nous allons en faire quelques extraits.

3

« Les diables partent avec ce passeport. D'un autre côté, la Sainte Vierge et les Apôtres chantent le *Veni Creator*. Jésus prie Dieu, son Père, de faire descendre le Saint-Esprit. Les Apôtres, fortifiés par ce secours divin, composent le Symbole, et vont ensuite prêcher au milieu du temple, où ils font plusieurs miracles; les pharisiens et les scribes, animés par Satan, les font mettre en prison. »

GRIFFON.

Allons les cacher pour la pluye,
Vous serez enfans de la pye,
Gallans, vous serez mis en cage.

« On les fait sortir cependant, en leur enjoignant de ne plus prêcher. Bien loin d'observer une défense injuste, les Apôtres recommencent leurs prédications, et choisissent sept diacres pour porter des fruits plus abondants dans ce saint travail. Le Seigneur leur donne sa bénédiction; et bientôt un grand nombre de Juifs se convertissent, et viennent apporter tout ce qu'ils possèdent aux pieds des Apôtres, qui, en réservant une partie pour leur nourriture, distribuent le reste aux pauvres. Ananias propose à Saphire, sa femme, d'imiter l'exemple de ces nouveaux fidèles. Cela est fort bien pensé, répond Saphire, et nous vivrons sur le commun sans rien faire. »

ANANYAS.

Est-il vray?

SAPHIRE.

Comme l'Evangile.

« Dieu punit leur coupable intention par une prompte mort; Satan et Astaroth emportent leurs âmes. Lucifer est si transporté de joie à leur arrivée, qu'il ordonne à ses démons de se réjouir. »

LUCIFER.

Je vueil que la tourbe dampnée,
Icy devant mon tribunal,
Me dye ung motet infernal,
En chanterie dyabolicque.

« Que Bélyal et Burgibus, ajoute-t-il, tiennent le dessus; Bérits, Cerbérus et quelques autres chanteront la taille, et Astaroth avec Lévyathan feront la basse. »

(*Icy chantent tous ensemble*).

Tant plus a, et plus veult avoir,
Lucifer nostre grant dyable.
S'il voyoit ames plouvoir,
Tant plus a, et plus veult avoir :
Et tousjours il veult recepvoir,
Car il est insatiable,
Tant plus a, et plus veult avoir,
Lucifer nostre grant dyable.

« Finissez, dit Lucifer, vous m'étourdissez. *Sus chantons*, continue Bélyal. Ils cessent enfin, et Lucifer se prépare à envoyer des émissaires sur la terre. Cerbérus, qui ne voit point la lumière du jour, demande à accompagner Lévyathan à ce voyage. Pendant ce temps-là, un aveugle de Jérusalem appelle son valet Gobin, et lui dit de le conduire au temple. Ce valet, occupé à manger quelques restes qu'on lui a donnés pour son maître, ne lui répond point. »

L'AVEUGLE.

Par le sang-bleu, je l'oys mascher :
Le p...., sans moy se desjune?

GOBIN.

Tiens, Gobin, crocque ceste prune,
Et puis boyras une bouffée.

L'AVEUGLE.

Je sens quelque gallymaffrée :
Hau! Gobin?

« L'aveugle se met ensuite à jurer; alors Gobin s'approche. — Tu sens le vin, gourmand que tu es! lui dit l'aveugle. Ils vont ensuite au temple; saint Pierre guérit cet aveugle, et chasse Fergalus du corps d'un possédé. Ce démon se retire aux enfers, et entre doucement de peur qu'on ne l'aperçoive. Burgibus l'arrête au passage. —

D'où viens-tu, à l'heure qu'il est? lui dit Lucifer d'une voix terrible. — Je craignais de vous éveiller, répond Fergalus. Lucifer le fait étriller malgré ses excuses. Peu de temps après, Cerbérus et Lévyathan, au désespoir de n'avoir pu réussir dans leurs projets, reviennent aux enfers. Cerbérus frappe doucement à la porte, et lorsqu'il est passé, il prie Burgibus, qu'il avait mis à sa place, d'aller avertir son camarade de rentrer sans faire de bruit, et qu'il laissera la porte entr'ouverte. Burgibus sort sans se défier de Cerbérus qui aussitôt ferme la porte. On reconnaît les deux diables, et quoique puisse dire Burgibus contre son malin compagnon, ce dernier lui soutient le contraire, et jouit de la noire satisfaction de lui voir partager les tourments de Lévyathan. »

Livre II. — « Saint Étienne, par ses vives prédications, confond les Juifs, qui le mènent à Caïphe, et lui produisent plusieurs faux témoins. »

(*Icy doibt, pour exterrir les faulx Juifz, apparoir le visage de saint Estienne reluysant comme le soleil*).

« Les Juifs prennent l'épouvante et s'enfuient. Le saint diacre les rappelle, et ajoute que ce n'est que pour jeter la terreur dans le cœur des faux témoins. Alors son visage paraît dans son premier état; sur quoi les pharisiens et les scribes, le soupçonnant de magie, pressent de plus en plus le pontife de prononcer la sentence de mort. »

JÉCONYAS.

Cayphe, fais le mettre à mort,
Que attendz-tu tant à le juger?

HIÉROBOAM.

Cyons de plus fort en plus fort,
Cayphe, fais le mettre à mort.

CAYPHE.

Ha! Messeigneurs, vous avez tort,
Je ne puis plustost abréger.

SALATHIEL.

Cayphe, fais le mettre à mort,
Que attendz-tu tant à le juger?

« Caïphe prononce cet arrêt, en vertu de la *justice pontificale* dont il est revêtu. Cependant, Jésus prie son Père pour saint Étienne et pour le jeune Saulus, en faveur de qui il obtient qu'il ne trempera pas ses mains au sang de ce jeune martyr, et ne sera employé qu'à garder les robes des bourreaux. Notre Seigneur se manifeste dans toute sa gloire au saint diacre qui le prie pour ses persécuteurs. »

AGRIPPART.

Il réserve.

GRIFFON.

Il ment.

MAUAUÉ.

Mais il devine.

DÉGOUSTÉ.

Il songe.

RIFFLART.

Il nous compte merveilles.

« Les pharisiens lancent les premières pierres contre saint Étienne et les bourreaux achèvent son supplice. Dieu ordonne à ses anges de lui amener l'âme de ce martyr. Peu de temps après, Saulus, accompagné de satellites, va chez Nathanaël, et le fait jeter en prison avec toute sa famille. Caïphe, charmé de voir tant d'ardeur dans ce jeune homme, le charge d'aller à Damas pour y arrêter tous ceux qu'il saura être d'intelligence avec les Apôtres. Sur ces entrefaites, la reine d'Éthiopie, appelée Candace, désirant faire un riche présent au souverain Dieu, demande à ses demoiselles à qui ce don doit s'adresser. — Vous le devez à Jupiter, répond Hélène. — Ou plutôt à Dyana, ajoute Exionne. Comme la troisième, nommée Thamaris, voit que la reine rejette cet avis, elle lui conseille de faire appeler l'eunuque; c'est un habile homme, continue-t-elle, et qui a lu toutes les histoires.

» L'eunuque arrive, et la reine lui ordonne de porter au temple de Jérusalem dix coupes d'or. L'eunuque obéit, et commande à Corridon d'atteler son chariot, sur lequel il monte, et prend le chemin de la Palestine. Les Apôtres cependant élisent saint Jacques le Mineur, évêque de Jérusalem : saint Pierre, saint Jacques et saint Jean lui imposent les mains ; et ce nouvel évêque célèbre la messe pontificalement. D'un autre côté, saint Philippe, diacre, convertit les habitants de Sébaste, étonnés de ses miracles, et baptise sur le chemin de Gaza l'eunuque de la reine d'Éthiopie. Saulus, près d'entrer à Damas, ressent aussi les effets de la grâce du Tout-Puissant. »

(*Icy doit descendre une grande lumière du ciel dessus Saulus, qui s'abat de dessus son cheval.*)

« Saulus, aveuglé par l'éclat de cette lumière, prie les Juifs qui sont avec lui de le conduire à Damas. Satan et Burgibus raisonnent beaucoup sur cette aventure ; le dernier soutient que ce n'est qu'une vapeur naturelle ; mais Satan, après avoir disserté sur les causes et les effets des vapeurs de la moyenne région de l'air, conclut enfin que la lumière qu'ils viennent de voir n'ayant aucun rapport avec celle-ci, on ne peut s'empêcher de dire que le principe en est divin. Après cette conversation sur la physique, ils s'en retournent aux enfers, criant comme des enragés. »

SATHAN.

Au meurtre.

LUCIFER, *avec un ton railleur.*

Voilà bien chanté.

SATHAN.

A la mort !

LUCIFER.

Voilà voix notable.

SATHAN.

Alarme !

LUCIFER, *en colère.*

Paix, de par le dyable,
Qui vous puisse rompre les testes.

SATHAN.

. . . . Enfer est en danger,
Tenez-vous pour tout adverty.

LUCIFER, *étonné.*

Comment!

SATHAN.

Saulus est converty
A ceste heure, comme je croy.

« Les diables témoignent par des cris affreux le chagrin que leur cause cette nouvelle; et Lucifer en conçoit une violente haine contre Satan, qui vient de la lui apporter.

» On voit ensuite les diables tenant conseil pour aviser aux moyens d'empêcher les fruits que doit produire la conversion de saint Paul. Saint Thomas est envoyé par Dieu dans l'Inde; il y fait beaucoup de miracles et de nombreuses conversions. En Palestine, saint Pierre guérit le paralytique Énéas, et ressuscite la veuve Tabitta. Après un dialogue de trois *bélîtres en argot,* viennent la vision de saint Pierre, le baptême de Cornélius et les querelles des deux Hérode. Saint Thomas continue sa prédication aux Indes, saint Barthélemy en Arménie. La prédication de saint Pierre à Antioche amène des disputes avec Simon le Magicien et l'emprisonnement de l'Apôtre. Celui-ci tient ensuite le concile de Jérusalem, et tous les Apôtres sont miraculeusement réunis pour le trépas de la sainte Vierge. Saint Paul prêche à Athènes et en d'autres lieux, saint Philippe en Sythie, saint André en Myrmidonie, saint Mathieu en Éthiopie, et ainsi des autres. Toutes les actions racontées par les actes de ces saints, connus au XVe siècle, se passent en action sur la scène, qui est souvent occupée par les diables cherchant à empêcher les fruits des travaux des serviteurs de Dieu. S'il y a de longs discours, il y a plus d'action encore, et le jeu des machines ne fait jamais défaut. C'est ce que nous allons voir par l'analyse du neuvième et dernier livre.

» Simon Magus, au désespoir de succomber dans toutes les disputes qu'il entreprend avec les Apôtres, veut tenter un dernier effort pour rétablir son crédit dans l'esprit de l'ignorante populace, et fait répandre le bruit qu'il va monter au ciel. Une foule de peuple accourt à ce spectacle; et déjà Simon est élevé dans les airs par ses démons, lorsque saint Pierre, qui se trouve présent, ordonne à ces derniers de laisser ce malheureux enchanteur, que tout son art ne peut défendre de la mort qu'il reçoit par cette chute. »

(*Icy les dyables vont prendre le corps de Symon Magus, et l'entraynent en enfer*).

« Néron, voulant venger sa mort, fait conduire en prison saint Pierre, saint Paul, Aristarchus, Tyton, Sidrac, Lucas et quelques autres. Procès et Martinien, à qui on les confie, se convertissent à la foi, et mettent les prisonniers en liberté. L'empereur, irrité contre ces nouveaux chrétiens, les fait conduire au supplice. »

PARTHEMIUS *à Néron.*

Ha ! sire, ilz sont plus asseurez,
Qu'oncques Pierre, que j'apperceuz.

« On vient ensuite donner avis à saint Pierre que le prévôt Agrippe le fait chercher partout pour lui ôter la vie. Les fidèles exhortent l'Apôtre à prévenir par une fuite salutaire les poursuites du prévôt. Saint Pierre rejette courageusement ce conseil; mais se trouvant seul, il prend la résolution de sortir de Rome. »

(*Soit sainct Pierre à la porte, et doit estre l'échaffault de Rome près de Paradis*).

« L'ange Gabriel, sous la figure du Fils de Dieu, reproche à cet Apôtre sa faiblesse, et l'engage à souffrir la mort avec fermeté. »

(*Icy doit cheminer par la cité, et Pierre après; et* NOTA *qu'il doit aller près d'un pillier de paradis, et se attachera pour monter comme une Ascention, et se doit couvrir à l'entrée d'une nuée.*)

« Néron ordonne à ses chevaliers, qui font ici l'office d'archers, d'aller arrêter saint Pierre et les autres chrétiens. Ces satellites, en exécutant cet ordre, fouillent dans leurs poches. »

LE SECOND CHEVALIER.

Sus, cheminez, Maistre Tyton;
Ça la bourse où sont les escus.

« On conduit saint Paul à l'empereur, et les autres prisonniers à Agrippe, qui ordonne à Daru (1) de brûler Tylon, Aristarchus et Sydrac. »

(*Icy doivent estre attachez au pillon, et qu'ilz se puissent dévaler en bas secrètement, et en leurs lieux rebaulter entre le pillon et les fagotz aucuns corps fainctz*).

« Néron condamne saint Paul à avoir la tête tranchée, pendant qu'Agrippe juge saint Pierre à être crucifié. Saint Paul, conduit au supplice, convertit ses bourreaux, qui, les larmes aux yeux, lui offrent la liberté. L'Apôtre refuse leur secours, et les prie instamment d'exécuter l'arrêt de l'empereur. Les bourreaux, touchés de sa constance, n'obéissent qu'avec peine. »

(Nota. — *Que la teste saulte trois saulx, et à chascun yst une fontaine*).

« Saint Pierre, arrivé au lieu où il doit recevoir le martyre, supplie son juge de le faire crucifier la tête en bas ; Agrippe consent à cette demande. »

AGRIPPE.

Or sus, sus nous lui accordons.
Prenez des cordes et cordons ;
De le lyer on se recorde.

RAVISSANT.

Quant est à moy, je m'y accorde,
J'en estoye bien recordé.

DARU.

Par ce bras sera encordé,
Car de ce faire suis recordz.

ÉPIPHANÈS.

Encorder le vueil par le corpz,
Sans plus la leçon recorder.

ANTIGONUS.

Par les piedz le fault concorder
A la fin, que nul ne l'oublie.

(1) L'un des bourreaux, qui joue un rôle important dans ce drame.

GÉRYON.

J'ay cy une corde establie,
Qui y sera toute propice.

« Tandis qu'on vient raconter à Néron la mort de saint Paul, cet Apôtre apparaît au milieu de la salle, et, annonçant la colère du ciel, jette l'empereur dans un trouble sans égal. »

NÉRON.

Harau! Dyables, qu'on me sequeurre,
Saillir d'icy vueil sans demeure;
Ostez-vous, je me vueil occire.
(*Tous le tiennent*).

PAULIN.

Et pour Dieu, patience, Sire.

NÉRON.

Il me semble que voy monter
Mon âme en une cheminée!

« Paulin conseille à Néron, pour soulager son mal, de donner la liberté à Patroclus, à Barnabas et Lucas, qui, en sortant de leur prison, vont ensevelir les corps des deux Apôtres. Peu de temps après, l'empereur, tourmenté par sa noire mélancolie, fait arrêter le prévôt Agrippe, et lui demande pour quelle raison il a fait mourir saint Pierre. Agrippe se défend de tout son possible, et insiste beaucoup sur la haine que l'empereur porte aux chrétiens, dont cet Apôtre était le chef. Au même instant saint Pierre paraît tout à coup, et déclare à Néron que la vengeance du ciel est prête à fondre sur sa tête. Cette vue achève de jeter ce prince dans le dernier désespoir; plusieurs anges surviennent, « et le frappent de fléaux et autres bâtons. »

(*Icy s'en va saint Pierre, et* NOTA, *que par dessous terre doit avoir gens ayans fléaux et autres bastons*).

« Néron appelle ses domestiques à son secours, et réclame en vain l'assistance de la déesse Ysis, sa protectrice. »

ALBINUS.

Empereur de haulte valeur,
Ayez ung peu de patience.

PAULIN.

Qu'est devenue vostre science
Et prudence?

LE PREMIER CHEVALIER.

Sire, c'est une illusion,
Qui en l'esprit vous est venue,
Car Pierre est mort devant ma veue.

« On porte l'empereur dans une chambre de son palais, où Albinus le vient bientôt trouver, tenant un papier à la main. Néron lui demande ce qu'il contient. »

ALBINUS.

Ne vous chaille jà de sçavoir
Ce que c'est, Sire ; je vous jure
Que c'est libelle plein d'injure,
Par les Romains faict contre vous.
Et sçay que auriez du courroux
Si vous en oyez la lecture.

NÉRON.

Contre moy est-il créature
Qui osast de mon nom mesdire?
Lysez tout hault, car je meurs d'yre,
Si au long l'escript je n'entendz.

ALBINUS.

Vous obéir en tout prétends :
Escoutez doncques, s'il vous plaist.

(*Teneur du libelle diffamatoire faict à l'encontre de l'empereur Néron, par le peuple romain, et leu en sa présence par le susdict Albinus, comme s'ensuit*).

ALBINUS, *lisant*.

Qui a désir sçavoir la cruaulté
Du fier Néron plein de desloyauté,
Lise l'escript qui contient vérité ;
Là pourra veoir ce qu'il a mérité, etc.

« Néron, que cette lecture et tout ce qui vient d'arriver ont rendu furieux, vomit mille imprécations contre la statue d'Ysis, où ce libelle était attaché, et la couvre de boue, ordonnant à ses chevaliers de suivre son exemple. »

LE PREMIER CHEVALIER.

Tiens, Ysis, farde ton visage.

LE SECOND CHEVALIER.

Tenez, tenez, vieille souillarde.

NÉRON.

Gectez, gectez sur la p.....
Qui m'a laissé vilipender.

« On l'emmène enfin dans sa chambre ; il se couche, et prie les diables de le conseiller pendant son sommeil. Satan arrive, et lui inspire le dessein de se poignarder ; Néron se lève en chemise, et prie les chevaliers de lui percer le sein ; ce qu'aucun d'eux n'ose exécuter. »

NÉRON *tient une espée.*

Ha dyables dampnez
De toutes parts vers moy venez,
Venez à ma fin malheureuse :
Espée, soys-moy rigoureuse,
Donne tost fin, par grant fureur,
A Néron le poure empereur,
Le trist, infect et douloureux,
Le malheureux des malheureux,
Le sans per des mal fortunez,
Le désespoir des forcenez.
Dyables, puisqu'il faut que je meure,
Accourez, ne faictes demeure,
A vous suis, à vous je me donne (*Il se tue*) ;
Et le corps et l'âme habandonne
A jamais, pour votre présent.

SATHAN, *portant l'âme de Néron en enfer.*

Lucifer, terrible serpent,

C'est l'âme du faulx empereur
Néron, etc.

(*Icy se faict tempeste en enfer*).

« Marcel vient trouver saint Clément, pour lui raconter le martyre des Apôtres, et tout ce qui est arrivé depuis; mais le Saint-Père lui dit qu'il a tout appris. »

CLÉMENT.

Si nous retirons à l'Église,
Rendons grâces, et sans fainctise,
Allons faire nostre *Oremus*.
Chantons *Te Deum laudamus*.

(*Et se doit commencer le* TE DEUM *en paradis*).

Toutes les pièces du théâtre hiératique se terminaient ainsi par l'hymne d'action de grâces; mais le plus souvent, à la fin de la représentation, on se rendait processionnellement à l'église, acteurs et spectateurs, pour y remercier Dieu avec le clergé.

Le mystère des *Actes des Apôtres* obtint un succès sans égal et porta au loin la réputation des deux Gresban. Vers 1472, les Parisiens, ayant voulu jouir de nouvelles représentations de l'histoire du Sauveur, envoyèrent au Mans prier Arnoul et Simon Gresban de retoucher un ancien drame déjà célèbre depuis au moins un siècle. Aussitôt nos deux dramaturges se mirent à l'ouvrage : ils composèrent le livret, l'écrivirent et le mirent en état d'être joué. Leur œuvre est sans contredit le chef-d'œuvre de notre ancien théâtre religieux. La conduite de l'action et la versification sont bien supérieures à tout ce que l'on avait vu jusqu'alors, et même à ce que l'on vit dans la suite. Ainsi c'est au Mans qu'ont été composées les deux œuvres capitales de la scène hiératique. Le succès du *mystère de la Passion* est attesté par les faits, puisqu'on le transcrivait encore en 1507, et puisqu'on en faisait à cette époque une édition assez correcte.

Mais en composant leur chef-d'œuvre, les frères Gresban s'étaient laissé aveugler sur l'inconvénient des longueurs, par le désir d'enchaîner tous les événements. Par exemple, le tableau de l'enfance de Jésus-Christ rompait l'unité d'intérêt, et quand on voulut le jouer d'une manière triomphante en 1486 dans la ville d'Angers, on sentit le besoin d'y faire des additions et des suppressions notables. Le poëte qui se chargea de ce remaniement fut Jean Michel, docteur-médecin d'Angers (1).

Longtemps avant que les frères Gresban vinssent fixer leur séjour au Mans, un clerc de notre ville avait composé des mystères qui lui assurèrent la réputation de « très excellent poëte et scientifique docteur, » selon l'expression de La Croix du Maine. Ce poëte était le bienheureux Jean Michel, chanoine du Mans et d'Angers, curé de Gourdaine et grand archidiacre du Mans, puis élu évêque d'Angers le 20 février 1438, et mort en odeur de sainteté le 12 septembre 1447 (2). Les mystères composés par Jean Michel sont encore confondus dans ce grand nombre de drames sacrés dont on ne connaît pas les auteurs (3). Mais, en considérant le rang que ce pieux et savant ecclésiastique occupait dans notre cité et dans notre Église, est-il croyable que les pièces composées par lui n'aient pas été représentées au Mans et en d'autres lieux de la province? Nous pourrions dire la même chose du *mystère du roy Advenir*, écrit en 1460 par Jean du Prier ou Prieur, valet de chambre et maréchal-des-logis du roi René le Bon (4).

A côté de ces pièces empruntées à l'Ecriture-Sainte et à la légende, il s'en produisait d'autres moins austères, quoique composées également dans un but moral. Aussi les prélats les plus réguliers et les plus exemplaires les autorisaient de leur présence. Le cardinal Philippe de Luxembourg, qui gouverna l'Eglise du Mans de 1477 à 1519, était regardé avec raison comme l'honneur et le modèle du clergé

(1) Paulin Paris, *Manuscrits français de la Bibliothèque du Roi*, t. VI. — De Villeneuve-Bargemont, *Histoire de René d'Anjou*, t. II, p. 247-259.

(2) *Histoire de l'Église du Mans*, chap. XXVI.

(3) Nous avions d'abord attribué au bienheureux Jean Michel le mystère de la *Conception, la Passion et la Vengeance de Notre Seigneur*, d'après le savant travail de M. Louis Paris, *Toiles peintes et tapisseries de la ville de Reims*, t. I, préf.

(4) Les frères Parfaict, *Histoire du théâtre français*, t. II.

pour la gravité de ses mœurs : il se complaisait aux jeux de la scène. En 1507, il résigna son évêché à son neveu, François de Luxembourg, qui fit au Mans une entrée très-solennelle le 2 mai de la même année. Après le banquet qui faisait partie de la fête, l'évêque offrit à ses convives *une farce moralisée de pastoureaux* (1). A cette époque, il n'y avait point de fête publique sans quelque représentation théâtrale.

Mais le clergé maintenait rigoureusement la distinction entre les pièces dont le but était l'édification et l'instruction des fidèles, et celles où se trouvait un élément profane plus ou moins voisin de la licence. Nous en avons une preuve bien évidente dans une délibération du chapitre de Saint-Julien de l'année 1528. Les chanoines, réunis en leur assemblée générale de la Saint-Julien, firent défense aux enfants d'aube et aux clercs du bas-chœur, qui avaient coutume d'assister à la fête des Innocents, d'y jouer publiquement aucune comédie ou farce, sans les avoir préalablement fait voir et approuver par le chapitre.

Ainsi les jeux de la scène étaient devenus une coutume reçue dans les mœurs publiques de notre pays. De là vient le silence des annalistes; ils ne font mention de ces spectacles que lorsque quelque circonstance donnait à la représentation un éclat extraordinaire. Cette fête des Innocents avait lieu tous les ans, et ce n'était un événement pour personne, si ce n'est peut-être pour les plus jeunes des enfants de chœur; toutefois elle n'aurait pas été complète sans quelque drame sérieux ou léger.

Le chapitre diocésain, qui montrait une si louable sollicitude pour écarter les représentations qui pouvaient offrir quelque péril, favorisait au contraire de tout son pouvoir le jeu des mystères. Ainsi, même à cette époque où le relâchement des mœurs publiques s'introduisait quelquefois jusque dans le sanctuaire, le clergé du Mans maintenait de tout son pouvoir les traditions que lui avaient transmises des âges plus heureux. Dix ans après la délibération dont on vient de parler, le 5 septembre 1539, le chapitre de Saint-Julien

(1) *Histoire de l'Église du Mans*, chap. XXVIII.

accorda la permission de jouer, le dimanche et le lundi suivant, le *miracle de Théophile*, sur la place située devant l'église de Jacobins, et il ordonna que durant ces deux jours on ne sonnerait point les cloches de l'église cathédrale depuis la messe capitulaire, qui se chantait à neuf heures du matin, jusqu'à trois heures de l'après-midi, où se célébraient les vêpres. Il ordonna de plus à son trésorier de donner six livres au receveur des jeux publics (1), somme qui équivaut, à peu près, au pouvoir actuel de l'argent, à quatre-vingts ou quatre-vingt-dix francs de notre monnaie.

Théophile fut le Faust du moyen âge; une simple analyse de sa légende fera comprendre la supériorité des siècles de foi sur nos temps de scepticisme et de faiblesse. Théophile vivait vers l'année 518, et était vidame de l'Eglise d'Adana en Cilicie. A la mort de son évêque, il faillit être élevé sur le siége épiscopal; mais il rencontra un concurrent qui lui fut préféré. Ayant éprouvé ensuite quelques mauvais traitements de ce compétiteur devenu son supérieur, il s'adressa à un juif « qui parlait au diable quand il voulait, » renia Jésus-Christ, et fit un pacte avec Satan, lui livrant son âme en échange d'honneurs terrestres. A peine tombé dans cet excès de désespoir, Théophile eut horreur de son forfait, et se repentit. La Mère de Dieu, qu'il implorait sans cesse, touchée de sa douleur, interposa sa puissance miséricordieuse; et le diable fut contraint de rendre à Théophile le sous-seing passé entre eux.

Cette histoire se trouve racontée dans tous les hagiographes du moyen âge; un manuscrit de notre bibliothèque du Mans en offre le récit; les verrières de notre admirable cathédrale, et de celles de Laon et de Troyes la répètent; elle est reproduite au flanc gauche de Notre-Dame de Paris, en deux endroits différents; enfin la peinture en a décoré plusieurs sanctuaires de la Sainte Vierge. Au xe siècle, l'illustre abbesse de Gandersheim, Hrotswitha, la traduisit en vers (2); et Rutebeuf, vers 1260, la transporta sur le théâtre en composant un mystère ou miracle, qui eut un succès prodigieux (3).

(1) Archives du chapitre du Mans, registre coté B-15. — Ms. de la Bibliothèque du Mans, n° 257.

(2) Hrotswitha, *Patrologie*, t. CXXXVII, col. 1101.

(3) *Œuvres de Rutebeuf*, publiées par M. Ach. Jubinal; Paris, 1839, in-8°,

Mais est-ce bien l'œuvre de Rutebeuf qui fut représentée au Mans en 1539? Nous ne possédons aucun renseignement positif à ce sujet; toutefois il nous semble difficile de l'admettre. D'abord la langue avait éprouvé de profondes modifications depuis le règne de saint Louis, jusqu'à cette moitié du XVIe siècle, et les vers de Rutebeuf n'étaient assurément plus intelligibles pour un auditoire pris dans toutes les classes de la société, au temps de François Ier. Puis le drame écrit par Rutebeuf ne pouvait suffire à la représentation de deux journées; et il n'était pas d'usage alors, comme de nos jours, de répéter plusieurs jours de suite la même pièce. On sait d'ailleurs que, séduits par la beauté de ce sujet, plusieurs poètes ont essayé à diverses reprises de le retoucher. Nous ignorons si le drame, représenté avec tant de solennité au Mans en 1539, était l'œuvre de quelque poète manceau; mais nous savons que la poésie était très-cultivée alors dans notre pays, et que plus d'un poète s'adonnait à l'art dramatique (1).

Nous devons encore mentionner deux délibérations du chapitre de l'Église du Mans qui se rapportent à la représentation des mystères. En 1556, dans un moment fort critique pour la société dans notre province (2), on devait représenter le mystère de la *Conception de la très Sainte Vierge;* et les chanoines résolurent, le 11 et le 12 de septembre, de permettre au maître de la psallette d'y conduire ses enfants pour chanter avec les musiciens du chœur. Ils résolurent encore d'avancer les offices du matin et de retarder ceux du soir, pour s'accommoder aux heures choisies par les entrepreneurs des jeux publics, lesquelles étaient évidemment, et du reste selon l'usage

2 vol. — Montmerqué et Francisque Michel, *Théâtre français au moyen âge*; Paris, 1839, in-8°. — Cfr. *Histoire littéraire de la France*, t. X, p. 213, t. XVI, p. 213. — De Roquefort, *De l'état de la poésie française dans les* XIIe *et* XIIIe *siècles*, p. 262. — Villemain, dans le *Journal des savants*, 1838, p. 206 et suiv. — Magnin, *ibidem*, 1846, p. 451. — O. Leroy, *Études sur les mystères*, p. 33. — Idem, *Époques de l'histoire de France*, etc., p. 123, et passim. — De Douhet, *Dictionnaire des mystères*, col. 933 et suiv.

(1) Voir *Histoire de l'Église du Mans*, chap. XXIX.

(2) *Ibidem*, chap. XXVIII et XXIX.

universellement reçu, celles du milieu de la journée. Ils firent défense de sonner les cloches durant l'action, pour ne pas gêner les acteurs, et ne pas nuire à l'attention de ceux qui les entendaient; ce qui suppose que le théâtre était dressé près de l'église cathédrale, probablement, comme en 1539, sur la place située devant l'église des Jacobins. C'était dès lors la plus vaste place de la ville du Mans; et le choix que l'on en faisait, prouve combien était considérable la foule qui se pressait à ces représentations. Il faut se rappeler que l'annonce de ces spectacles ne se faisait point par de mesquines affiches placardées sur les murs omme aujourd'hui, mais par des troupes d'acteurs qui parcouraient en grand appareil la cité et les lieux voisins, débitant, pour attirer la foule, des poëmes entiers connus sous le nom de crys (1). Cette annonce se faisait longtemps à l'avance, et non-seulement dans toute la province, mais encore dans tout le royaume. Le clergé, du haut de la chaire, exhortait les fidèles à se rendre à ces drames, où la vertu était toujours glorifiée, et le vice flétri. Les chanoines du Mans permirent encore à messieurs les commissaires de Saint-Julien de prêter les ornements de l'église, pour décorer le théatre, ne réservant que les plus précieux. Ils autorisèrent quatre des habitués de Saint-Julien à remplir des rôles dans ce mystère, pourvu que ce fût sans aucun danger de donner du scandale. Enfin, pour laisser la liberté aux membres du chapitre de se trouver à toutes les représentations, les chanoines déclarèrent qu'on ne ferait pas « le point à la rigueur durant tout le temps des jeux publics, excepté pour l'office de matines (2). » Cet office se célébrait à cinq heures du matin.

On n'est pas embarrassé pour retrouver la pièce qui, en 1556, arracha durant plusieurs jours les habitants du Maine aux inquiétudes d'un avenir chargé d'orages. Les frères Parfaict ont signalé deux éditions particulières de la *Conception* données vers 1522 et 1540,

(1) Voir le *Cry des Actes des Apôtres*, et Sainte-Beuve, *Tableau de la poésie française au* XVIe *siècle*, t. I, p. 242.

(2) Archives du chapitre du Mans, coté B-15. — Ms. de la Bibliothèque du Mans, nº 257.

par Alain Lotrian, sous le titre de : *Mystère de la Conception, Nativité et Annonciation de la benoiste Vierge Marie, avec la Nativité de Jésus-Christ et son Enfance.* Ils ajoutent que l'auteur du mystère de l'*Incarnation*, représenté en 1474 à Rouen, s'est évidemment servi plusieurs fois du texte de la *Conception* (1). Toutefois, il est très-difficile de rencontrer cette vieille édition; mais les manuscrits qui contiennent ce mystère ne sont pas très-rares. La Bibliothèque du Mans possède un manuscrit renfermant ce drame; et, d'après la sagace observation de M. d'Espaulart, ce manuscrit a évidemment servi à la mise en scène pour la représentation qui eut lieu au Mans; car les rôles y sont indiqués avec une précision qui ne laisse aucun doute à ce sujet. Toutefois le manuscrit ne comprend que la première partie de la pièce. Si nous n'avions pas vu déjà par le mystère des *Actes des Apôtres*, et d'autres encore, avec quelle liberté les poètes dramatiques de cette époque accumulaient dans une seule pièce une foule de sujets différents, celui de la *Conception* suffirait pour le faire comprendre. On conçoit que pour représenter de pareilles actions une journée ne pût suffire. Ordinairement on commençait les représentations dès le matin; voilà pourquoi nos chanoines avancent les heures des offices; on faisait une pause sur le midi, et la soirée entière était consacrée à la continuation de l'action. Mais nous n'avons pas rencontré de mention de représentation nocturne. Au contraire, plusieurs circonstances, comme la délibération du chapitre du Mans dont nous parlons, les excluent formellement. D'ailleurs les mœurs et les habitudes de l'époque ne les comportaient pas.

On connaît encore un autre drame hiératique consacré à la Conception de la Mère de Dieu; Du Verdier (2) l'indique sous ce titre : *Le triumphe des Normands traictant de l'Immaculée Conception Nostre-Dame, escrit en rimes par personnages par* (*Guillaume Tosserie*). — *Imprimé à Rouen, in-8°, sans date.*

(1) Les frères Parfaict, *Histoire du théâtre français*, t. II. — Le comte de Douhet, *ouv. cit.*

(2) *Bibliothèque française*, p. 512. — Les frères Parfaict, *ouv. cit.*, t. II, p. 261 et 562. — De Douhet, *ouv. cit.*, col. 970.

IV.

Le théâtre, qui devait tant à l'Église catholique, fut l'une des premières armes que l'esprit d'hérésie et de licence tourna contre elle. Selon l'usage, le mal se produisit d'abord dans les grandes villes. Dès 1542, le procureur-général près le parlement de Paris, s'opposa à la représentation du mystère du *Vieux Testament*, et s'éleva dans une chaleureuse invective contre certains traits de la pièce, qui n'avaient paru que naïfs aux siècles passés. En 1548, le parlement ne permit aux confrères de la Passion que de jouer des sujets *licites, profanes et honnêtes*, et leur interdit expressément les mystères tirés des Saintes Écritures. Cet arrêt s'explique suffisamment par l'état religieux de la France et les progrès menaçants du protestantisme. Ce qui peut sembler singulier, c'est qu'en Angleterre, vers cette époque, Henri VIII interdisait les mêmes représentations *comme favorables au culte catholique*, et que la reine Marie les rétablit plus tard à ce titre (1). Le mal n'était pas encore sensible

(1) Sainte-Beuve, *Tableau de la poésie française au* XVIe *siècle* t. I, p. 246 et suiv.

au Mans; et nous verrons bientôt que le drame hiératique s'est maintenu jusqu'au XVIIIe siècle dans notre province, avec son caractère religieux. Cependant, en 1559, le protestantisme qui cherchait tous les moyens de s'implanter dans l'esprit des populations, donna de justes alarmes au chapitre de l'Église du Mans (1). Le 23 février, les chanoines députèrent le scholastique, deux autres chanoines et l'archidiacre de Sablé, qui était en même temps vicaire-général de l'évêque du Mans, Claude d'Angennes de Rambouillet, pour aller trouver les magistrats de la ville, et leur faire des représentations au sujet du scandale causé par des comédiens qui se permettaient un abus coupable de l'Écriture Sainte. Les députés devaient supplier les magistrats d'empêcher cette profanation de la parole de Dieu (2). Cette délibération du chapitre indique clairement qu'une troupe d'acteurs s'était établie au Mans. Le recours aux magistrats prouve que ces acteurs ne se plaçaient plus sous la tutelle du clergé, comme ils le pratiquaient encore en 1556, trois ans plus tôt. Mais l'usage, quoique abusif, de l'Écriture Sainte, semble démontrer que les sujets représentés par eux, appartenaient encore à la famille des faits qui avaient fourni le fond des mystères (3).

Après cette représentation de 1559, nous ne connaissons aucune mention de mystères ou miracles joués dans la capitale de notre province; car nous ne parlons pas ici de Jean Méot qui ne nous est connu que par cette courte notice de La Croix du Maine : « Il a composé plusieurs comédies et tragédies françoises, lesquelles il a fait jouer et représenter en public, lorsqu'il estoit régent au collége de Gourdaine, situé en la ville du Mans. Elles ne sont encore imprimées. Il a écrit plusieurs poëmes sur le trépas du feu prince de Condé, Louys de Bourbon, et quelques vers sur la venue de M. le cardinal de Rambouillet en son évesché du Mans. Il florissoit l'an

(1) *Histoire de l'Eglise du Mans,* chap. XXX.

(2) Archives du chapitre du Mans, registre B.-15. — Ms. de la Bibliothèque du Mans, n° 257.

(3) On sait qu'en 1553, Théodore de Bèze publia, sous le nom de tragédie, un véritable mystère intitulé : *le Sacrifice d'Abraham.* Cet ouvrage est tout rempli des erreurs que l'auteur a professées.

1574 (1). » Malheureusement notre célèbre bibliographe ne donne aucun détail sur la nature des compositions dramatiques de Méot; et quoique le poëte fût ecclésiastique, et le collége qu'il habitait sous la dépendance de l'Église, il ne faut pas se hâter d'en conclure que ses pièces fussent toutes empruntées à des sujets sacrés et conçues dans le plan des mystères. René Flacé, qui vivait à la même époque, était prêtre également; il occupa successivement les offices de principal du collégè de Saint-Benoît, fondé par le chanoine Jean Dugué ou le cardinal Philippe de Luxembourg (2); il composa également des tragédies et des comédies qui furent jouées au Mans. Les titres mêmes de ces pièces ne nous sont pas connus, une seule exceptée, *Elips, contesse de Salbery*, tragédie représentée au Mans, publiquement, au mois de juin de l'année 1579. Le sujet de ce drame semble emprunté à l'histoire profane, et par là-même nous n'avons pas à nous en occuper ici. Il en est de même des tragédies composées par Jean Gallery, Luc Percheron, Jean Portier de Nevers, Jérôme d'Avost, Robert Garnier et autres poëtes manceaux qui ont travaillé pour le théâtre; leurs poëmes n'ont plus rien de commun avec les compositions hiératiques, qui seules nous occupent en ce moment (3).

Mais tandis que Le Mans abandonnait la représentation des mys-

(1) *Bibliothèque française*. — Selon Renouard, *Essais historiques sur le Maine*, t. I, p. 193, N. Méot était célèbre par ses tragédies dès l'année 1521. Ainsi Méot aurait travaillé pour les plaisirs de la ville du Mans durant plus de cinquante-cinq ans.

(2) Voir *Histoire de l'Eglise du Mans*, chap. XXVIII.

(3) L'étude du théâtre antique commençait depuis quelque temps à soulever des idées nouvelles, et préparait insensiblement les esprits distingués à un système régulier de composition dramatique. En ce genre, comme dans les autres, les traductions précédèrent les imitations et les provoquèrent. Le premier essai remarquable et décisif appartient au fameux Ronsard. Il achevait ses études au collége de Coqueret, sous Dorat, en 1549, lorsqu'il s'avisa de mettre en vers français le *Plutus* d'Aristophane, et de le représenter avec ses condisciples devant leur maître commun. Ce fut la première représentation classique qui eut lieu en France; elle fit fureur, et produisit de nombreuses imitations. Dès 1552, Étienne Jodelle donna sa première pièce.

tères et des miracles, les autres parties de notre province continuaient de s'y montrer très-attachées. Nous avons déjà parlé de l'influence qu'exerça sur les arts dans notre pays, et sur l'art dramatique en particulier, le Roi René, ce prince si lettré et si bienfaisant. Nous devons ajouter un fait qui confirme nos assertions, et qui a été constaté, il y a une cinquantaine d'années, par M. Le Clerc de Beaulieu, ancien député de la Mayenne (1). Selon les plus anciennes traditions lavalloises, le roi René le Bon et Jeanne de Laval, qu'il avait épousée en secondes noces, furent les premiers auteurs de la pompe extraordinaire qui accompagnait la procession du *Corpus Domini* en la ville de Laval. A l'origine, une des parties principales de cette fête, celle qui attirait le plus l'attention de la foule, consistait en des scènes de l'Ancien et du Nouveau Testament, que des personnages représentaient sur des théâtres dressés le long du parcours de la procession; mais principalement dans la cour d'entrée du couvent des Cordeliers. Ces scènes étaient de vrais mystères qui avaient retenu le caractère de simplicité et de brièveté que l'on retrouve dans les pièces les plus anciennes. On sait que le roi René avait établi un usage analogue dans la ville d'Aix (2). Lorsque plus tard les marionnettes furent introduites en France par Catherine de Médicis (3), les personnages qui représentaient ces pièces furent remplacés par des machines. Ce théâtre, débris des anciennes mœurs, a subsisté jusqu'à la fin de la Restauration. La dernière représentation est de 1827. Il n'a point disparu sans laisser de vifs regrets dans la population lavalloise, qui se rendait en foule pour voir les pieuses scènes qui se jouaient tous les ans devant l'église de Notre-Dame. Dans les derniers temps, afin de satisfaire aux désirs

(1) *Notes sur l'Histoire de Laval*, adressées à ses enfants, Ms. 1 vol. in-4°.

(2) Pour la description de la Fête-Dieu à Aix, voir *Œuvres complètes du roi René*, publiées par le comte de Quatrebarbes, t. IV, p. 167-197. — De Villeneuve-Bargemont, *ouv. cit.*, t. III, p. 89. — P. J. de Haitze, *Esprit du cérémonial d'Aix*; Aix, 1758, in-12. — Grégoire, *Explication des cérémonies de la Fête-Dieu d'Aix*; Aix, 1778, in-12. — Leber, *Collection des meilleures dissertations, etc., sur l'Histoire de France*, t. X, p. 77-125.

(3) Magnin, *Histoire des marionnettes en Europe*.

du peuple, les représentations commençaient la veille de la Fête-Dieu, et se répétaient encore le jour même de la solennité après les vêpres. On conserve également le souvenir des scènes qui étaient jouées, et qui étaient toutes empruntées à l'Ancien ou au Nouveau Testament.

Il est très-probable que les cérémonies de la Fête-Dieu de Mayenne, telles que nous allons les décrire, étaient un reste d'usages semblables à ceux de Laval; seulement les acteurs étaient descendus de leurs planches et marchaient dans la rue. Voici, du reste, ce qu'en raconte l'abbé Guyard de la Fosse : « On fit vers ce temps (vers 1655) une grande réforme en la solennité de la procession de la Fête-Dieu, qui passoit pour célèbre à Mayenne. Voici ce qui s'y observoit : après les deux bannières, marchoient deux personnes représentant Adam et Ève, au milieu desquelles on portoit un petit arbre chargé de pommes, avec la figure d'un serpent. Ensuite paraissoient ceux qui représentoient les patriarches et les prophètes, vêtus de soutanes et manteaux de différentes couleurs, avec de grandes barbes et des perruques, portant sur le dos un écriteau du nom du personnage de chacun, comme d'Abraham, Isaac, Jacob, Moïse, Isaïe, Jérémie, etc.; leur nombre étoit fini par saint Jean-Baptiste, couvert d'une peau de chameau, et portant un agneau. Après eux venoient les rois descendus de Jessé, comme David, Salomon, etc., habillés magnifiquement, la couronne sur la tête et le sceptre à la main. Ils étoient suivis de leur père Jessé, qui avoit une grande chevelure blanche, une robe fourrée, et s'appuyoit sur un bâton. Les Apôtres de Jésus-Christ marchoient ensuite; et, pour les distinguer, saint Pierre portait une clef, saint Paul une épée, saint André une croix, saint Jacques un bourdon, saint Jean l'Évangéliste un calice, etc. On voyoit après eux un grand nombre de filles représentant les vierges, beaucoup de petits enfants habillés de la manière qu'on peint les anges, avec des fleurs qu'ils répandoient devant le Saint-Sacrement; quantité d'autres vêtus en bergers et bergères, avec des houlettes ornées de rubans. Pendant que le Saint-Sacrement reposoit au milieu du grand cimetière, la plupart de ces personnes déclamoient quelques vers français conformes aux personnages qu'elles faisoient, et tous contribuoient à faire faire une torche de cire, où étoit représenté en relief et en grandes figures un trait de l'Ancien ou du Nouveau Testament, qui étoit différent toutes les années. Tous ces acteurs étoient des bourgeois et des artisans de l'un et de l'autre sexe, la plupart mariés; ils formoient une espèce de confrérie, dont on a réuni quelques rentes à la confrérie du Saint-Sacrement. Ces représentations, qui avoient peut-être eu quelque bon motif en leur établissement, étoient dégénérées en badinage. Quelques missionnaires, qui vinrent à Mayenne, déclamèrent fortement contre cet abus. Leur zèle eut un heureux succès, en faisant supprimer tout ce cérémonial et ce cortége. »

Ces renseignements sont relativement trop récents; ils ne montrent que des vestiges de ce qui fut à une époque déjà éloignée. Si nous interrogeons la chronique rimée de Guillaume Le Doyen (1), nous entendrons le témoignage d'un homme qui fut témoin, acteur et quelquefois auteur des drames dont il parle (2). On aime, avec raison, à connaître le narrateur des faits que l'on étudie; et Guillaume Le Doyen a pris soin de satisfaire lui-même notre curiosité. Voici le portrait qu'il trace de lui-même :

Et si voulez de moy savoir,
Je suis natif du beau manoir
Ouvrouïn, près le pont de Mayenne,
Où j'ay ma terre et mon domayne
Qui n'est pas de gros revenu :
Je vis du gros et du menu;
Car je suis personne publique,
Et chacun jour mon sens applique
Avoir de Dieu parfaict amour,
Et (de) tout le peuple favour.

(1) *Les annales et chroniques du comté de Laval*, par Guillaume Le Doyen, sont encore inédites. M. La Beauluère, qui a bien voulu nous communiquer une copie de ce précieux manuscrit, se dispose à le rendre public. Personne n'est plus capable de rendre ce service au pays.

(2) Voir une notice sur Guillaume Le Doyen, par M. Eugène de Certain, dans *la Bibliothèque de l'École des Chartes*, 3e sér., t. III, p. 361 et suiv., et M. Stéphane Couanier de Launay, *Histoire de Laval*, p. 229.

Guillaume Le Doyen exerçait donc les fonctions de notaire, et s'occupait très-activement des affaires de sa paroisse, qui était celle de Saint-Melaine, remplacée aujourd'hui par celle de Saint-Vénérand (1). Comme il passait pour l'un des beaux esprits de Laval, on recourait à lui dans les circonstances importantes pour avoir des chants en l'honneur des personnages puissants qui visitaient la ville; et il ne se faisait jamais attendre; car il se piquait plus de produire promptement ses vers, que de leur donner le poli et l'élégance. Aussi nous ne devons pas beaucoup regretter la perte des mystères qu'il composa, et pour lesquels néanmoins la ville de Laval montra un vif empressement.

En la seule année 1493, en effet, Laval vit représenter deux mystères : le premier intitulé *Le bon et le mauvais pèlerin*, par Guillaume Le Doyen, fut joué devant l'église Saint-Vénérand; le second, qui est intitulé *Sainte-Barbe*, fut représenté à Boz, hameau situé aux portes de la ville. Cette dernière pièce fut jouée par l'ordre de Guy XV, l'un des plus puissants et des plus magnifiques seigneurs de Laval. Mais il faut entendre notre naïf chroniqueur dans son vieux et incorrect langage.

An mil IIII^c IIII^xxXIII (1493). — *La moralité du bon et maulvais larron, faicte par moy devant Sainct-Vénérand.*

Celluy an, à la Penthecouste,
Je fis jouer, quoyqu'il me couste,
Le papier du bon pèlerin
Et mauvais, qui estoit fin
D'esmouvoir tous ceux de la ville,
Qui, entreprinse très utile,
Avoient faict du très beau mystère
De Barbe; (mais fut vitupère

(1) De jour en jour plus répandue et plus familière, sans devenir plus rigoureuse, la versification se prêtait à tout. Faute d'idées, on l'appliquait aux faits, comme dans l'enfance des nations : Guillaume Crétin chantait les *Chroniques de France;* Martial d'Auvergne psalmodiait le règne de Charles VII, année par année; Georges Chastelain et Jean Molinet rimaient les *choses merveilleuses* arrivées de leur temps. Sainte-Beuve, *Tableau de la poésie française au* XVIe *siècle*, t. 1, p. 16.

Par compaignons entreprenneurs
Qui se voulurent faire outrageurs,
Tellement que tout à nyent
Demoura); mais incontinent,
Entreprins ce dit pèlerin (1),
Que je mis moy-même à fin
Et en joué le personnaige,
Devant Sainct-Vénérand, ce croi-je.

En ce présent an fut joué à Botz le mistère de Saincte-Barbe.

Et ce voyant ceux de la ville,
Que tout le monde les aville,
Et que mutiner se voulurent,
Après brief temps tous s'apparurent
Au moins le plus, devant Monsieur (2),
Qui leur commanda par honneur,
Reprendre ce beau mistère
Et leur bailla pour commissaire
Troys ou quatre bourgeoys moult saiges
Pour départir les personnaiges
A gens qui sauraient bien jouer,
Afin d'en estre mieulx louez.
Ce qui fut faict en grant honneur,
Sans y acquérir déshonneur;
Nul n'étoit abilliez de toille,
. . . . (3)
Cent joueurs abilliez de soye,
Et de velour à pleine voye,

(1) *Pèlerin* dans le langage populaire signifie un hommo rusé, un matois. Dans les habitudes du langage de Laval, il signifie encore quelqu'un qui a quelque chose d'étrange. Cette expression pouvait convenir au personnage du bon larron.

(2) Cette qualification que nous reverrons plusieurs fois, désigne le seigneur comte de Laval, alors Guy XV.

(3) Ce vers et quelques autres que nous supprimons également dans la suite, ont été tellement défigurés dans le Ms. de la Bibliothèque Impériale, sur lequel toutes les autres copies ont été faites, qu'il nous paraît très difficile de rétablir une version sûre.

Au moins les compaignons d'enfer;
Si estoit le grant Lucifer.
Puis y avoit une vollée,
Qui fust soudainement trouvée,
Laquelle décora le jeu;
Plusieurs personnaiges du lieu
Y voloient d'ung bout juc en l'autre.
Puis y avoit une beste autre,
Qui estoit de faczon orrible,
De grandeur et grosseur terrible,
Et par Jean Hennier compoussée (1);
Lequel dessus en chevauchée,
Venoit chacun pour faire homaige
A Lucifer et son mesnaige.
Elle jectait le feu par sept lieux,
Par ses nazeaux et par ses yeux
Qu'elle avoit fort épouvantables;
Ses gestes estoient merveillables.
Et fut joué pour dire *Amen*,
Par maistre Pierre Le Maignen,
Jeune advocat, mais bien lectré,
Qui de tous fut bien atiltré,
Et puis se rendit cordelier (2);
Car sa feme, sans peu tarder,
Se mourut tout en suyvant.
Et puis Dioscorus le Grand
Fut joué par René Hubert,
Sergent du roy, moult bien expert;
Et le grand diable infernal
Fut par André le Sénéchal;

(1) Plusieurs membres de la famille Hennier, de Laval, sont mentionnés par Le Doyen. Il ne parle point de Pierre Hennier, chanoine du Mans, qui a rédigé un cérémonial précieux pour notre Église, s'est occupé de recueillir les priviléges du chapitre de Saint-Julien, et a secondé les travaux liturgiques du cardinal Philippe de Luxembourg. Voir notre *Histoire de l'Église du Mans*, chap. XXVIII.

(2) Il ne faut pas confondre Pierre Le Maignen dont il est ici parlé, avec Jean Le Maignen, archidiacre de Passais, sur lequel nous fournissons plusieurs renseignements nouveaux dans notre *Histoire de l'Église du Mans*, chap. XXVII et XXVIII.

Monsieur et sa noble comtesse
Furent présents sans faire presse.
Au long de six jours, leurs trompettes,
Clairons sonnaient en choses faictes,
A toutes les belles entrées
Et pauses; qui furent bien notées,
Tellement qu'amont et à val
Il n'était honneur qu'en Laval.
Monsieur, par commandement,
De Paris, sieurs du parlement
Fist venir à ses propres mises
Pour de Barbe voir les devises.
Tel pavillon avoit au pré
Où cent hommes eussent entré.

Si Guillaume Le Doyen est vraiment l'auteur du mystère *du bon et du mauvais larron*, joué devant Saint-Vénérand en 1493, comme il le raconte, il n'est pas surprenant que son poëme soit resté inconnu de tous les auteurs qui à divers point de vue se sont occupés du théâtre. Peut-être, s'il est permis de former des conjectures sur un ouvrage dont il ne reste pas un vers, notre notaire poëte se contenta-t-il de découper dans la Passion, cette somme dramatique si répandue au moyen âge, la partie de la conversion du bon Larron et de sa mort. C'était un procédé assez commun aux dramaturges du xve siècle, et même des temps antérieurs. A cette époque, celui qui entreprenait de mettre sur la scène une pièce quelconque, prenait toutes les libertés imaginables avec son auteur : il ajoutait et retranchait selon sa volonté.

Quoique le *mystère de Sainte-Barbe* n'ait jamais été publié, il est néanmoins très-connu. Il n'en existe cependant qu'un manuscrit (1); mais dès l'année 1735, les frères Parfaict en ont donné une analyse satisfaisante (2). Ce drame porte tous les caractères de ceux du

(1) Bibliothèque Impér., n° 7299. 3. In-4°. — Voir Paulin Paris, *Manuscrits français de la Bibliothèque du roi*, in-8°, t. VII, p. 374.

(2) *Histoire du théâtre français*, t. II, p. 5-78. — De Douhet, *ouv. cit.*, col. 196 et suiv. — Le duc de la Vallière, *Bibliothèque du théâtre français*, t. I, p. 34.

xve siècle, il se compose d'au moins vingt-cinq mille vers ; le nombre des acteurs s'élève jusqu'à quatre-vingt-dix-huit ; il est divisé en cinq journées ; et, comme nous l'apprend notre chroniqueur lavallois, on mit six jours à le représenter en notre province. Un auteur de notre temps y remarque un mélange de ces plaisanteries grossières qui rebutent dans la plupart des drames du xve siècle, et que l'on retrouve jusque dans les pièces de l'hôpital de la Trinité, où s'étaient glissés les enfants sans-souci (1). Les frères Parfaict pensent aussi que *Sainte-Barbe* fut représentée par les confrères de la Passion. Aucun historien n'avait mentionné la représentation qui fut donnée à Laval en 1493, et qui eut un grand éclat, puisque des membres du parlement vinrent exprès de Paris.

Encouragés par les succès brillants de l'année précédente, les habitants de Laval entreprirent en 1494 de représenter un nouveau mystère. Ce fut Guillaume Le Doyen qui se mit à la tête du projet et composa le livret.

An mil IIII^c IIII^{xx}XIV (1494). — *La Nativité jouée à Sainct-Dominique par moy, composée et assemblée à quarante personnaiges.*

En celluy an, pour vérité,
Fut joué la Nativité,
Le beau premier jour de janvier
Et des trois Roys, sans y muser,
Par moy et ceulx de Sainct-Melaine (2),
Dont ne perdismes notre paine,
Car du bien il nous fut donné,
Argent et vin abandonné,
Qu'ilz nous donnoient à leurs mains joinctes,
Dont payâmes toutes nos fainctes.

(1) O. Leroy, *Études sur les mystères*, p. 281.

(2) L'église paroissiale de Saint-Melaine était située près de Laval, sur la route du Mans, en un hameau qui porte encore ce nom. La paroisse comprenait à peu près le territoire actuel de celle de Saint-Vénérand. L'église de Saint-Vénérand venait d'être commencée, en 1485, pour satisfaire aux désirs et aux besoins des fidèles fort incommodés par l'éloignement de Saint-Melaine.

Le sujet de la Nativité de Notre-Seigneur a dû être l'un des premiers représentés sur le théâtre hiératique. Dès le xe siècle, au moins, à Saint-Martial de Limoges, on pratiquait durant l'office de Noël des rites figurés, dans lesquels apparaissaient, prédisant la venue du Messie, un chœur, Israël, Habacuc, Nabuchodonosor, Moïse, Siméon, Isaïe, Élisabeth, la Sibylle, Jérémie, saint Jean-Baptiste, Daniel et Virgile. Ce dialogue, qui devait produire un grand effet, se rattache aux offices de Noël, si riches en ces sortes de scènes, et qui s'étendaient jusqu'à la Purification. Aussi la représentation donnée au couvent des jacobins de Laval en 1494, fut-elle fixée au 1er janvier. On trouve, relativement à ce mystère de la Nativité, un précieux renseignement pour l'histoire du drame religieux, vers le milieu du XIVe siècle. « Jean de Montdésert, curé de Saint-Malo de Bayeux, rapporte l'abbé de la Rue (1), fut mis à l'amende par le chapitre de cette ville, pour avoir fait jouer dans son église le mystère de la Naissance de Jésus-Christ, le jour de Noël, en 1351. » Il serait à désirer que l'on connût les considérants sur lesquels s'appuyait la sentence du chapitre ; mais d'après l'ensemble des faits, on peut croire que les chanoines, qui sans doute ne réprouvaient pas les rites figurés, puisqu'on possède la preuve qu'ils les pratiquaient eux-mêmes à certains jours dans leur église, ne voulaient pas tolérer dans le lieu saint la représentation des mystères tels que le XIIe et le XIIIe siècles les avait faits. Déjà l'appareil théâtral était trop développé, et le jeu demandait trop de temps, de décors et d'espace ; il ne convenait plus avec la gravité majestueuse de la liturgie. Le XIVe siècle ajouta encore beaucoup aux qualités qui rendaient le drame hiératique inadmissible à l'intérieur des églises. Le XVe siècle, enchérissant encore sur les errements de son devancier, admit dans presque toutes ses pièces un mélange de bouffonneries en rapport avec les goûts de cette époque.

Toutefois les mystères de l'Incarnation et de la Nativité, qui jouirent au XVe et XVIe siècles d'une faveur si marquée (2), admettent

(1) *Essais historiques sur les bardes, les jongleurs et les trouvères normands*, t. 1, p. 166.

(2) Sainte-Beuve, *Tableau historique et critique de la poésie française et du*

moins que beaucoup d'autres cet élément profane. Le XVe siècle nous a légué deux mystères de la Nativité (1); mais ni l'un ni l'autre n'a pu être représenté à Laval dans les conditions exprimées par Le Doyen. Leur mise en scène demande un appareil, un temps et un nombre d'acteurs beaucoup plus considérables que le chroniqueur ne l'indique. Il est donc à croire que l'entrepreneur de ces jeux retrancha toute la première journée, et probablement quelques autres détails. Le plus connu de ces deux poëmes comprend environ vingt mille vers, assez remarquables pour le temps.

Quoique très-incomplet, le récit de Guillaume Le Doyen nous indique la manière dont les entrepreneurs des jeux publics recevaient leurs honoraires. Il devient très-clair si on le rapproche de ce passage des anciens registres de la ville d'Amiens : « Du vendredy » XVIe jour de juing 1581; vue la requeste présentée par les compai» gnons joueurs de comédye de la paroisse Sainct-Jacques; par ad» vis de Messieurs, leur a été permis de jouer le jour de sainct » Jacques prochain, après vespres, l'ystoire de Tobie par personna» ges, au carefour de la rue de l'Aventure et de la Hautoye, à la » charge qu'ilz ne jouront riens de erronné et scandaleux, que, pa» ravant juer, ils communiqueront leurs jeux au bureau, et que le » lendemain ny autre jour ilz ne feront aucune cœullette de poix » reboullez, ne autrement avant la dicte paroisse ny ailleurs. »

Le rapprochement de ce texte avec le passage cité de Guillaume Le Doyen et quelques autres que l'on verra bientôt, prouve que sur chaque paroisse il y avait des joueurs de mystères, qui formaient

théâtre français du XVIe siècle, t. 1, p. 217-234. — Le comte de Douhet, *ouv. cit.*, col. 523.

(1) Le plus anciennement connu de ces deux mystères de la Nativité a été publié en un vol. in-fol. goth. s. d., de 228 feuil. Le second n'a été publié qu'en 1837, par M. Ach. Jubinal, *Mystères inédits du XVe siècle*, Paris, Techener. in-8°, 2 vol., t. II, p. 1-79. — Cfr. le duc de la Vallière, *Bibliothèque du théâtre français*, t. I, p. 36 et 54. — Les frères Parfaict, *Histoire du théâtre français*, t. II, p. 494 et suiv. — De Beauchamps, *Recherches sur les théâtres de France*, t. I, p. 226. — De la Rue, *Essais historiques sur les bardes, les jongleurs*, etc., t. I, p. 166. — Le comte de Douhet, *Dictionnaire des mystères*, col. 522.

sans doute, selon l'usage du temps, une sorte de confrérie. Il faut reconnaître aussi qu'ils étaient indemnisés de leurs frais, soit par les offrandes d'argent que leur faisaient les corporations et quelques particuliers, soit, le plus souvent, par des offrandes en nature. M. Magnin, le plus habile historien du théâtre français, croit l'expression de *faire la cœullette de poix reboullez* propre au pays d'Amiens, et conjecture qu'elle signifie la même chose que les *poispillés* si fameux dans l'histoire de la scène parisienne; c'est-à-dire qu'elle désigne selon lui ces farces et soties que les confrères de la Passion empruntèrent aux clercs de la Bazoche et aux Enfants Sans-Souci, afin d'affriander le public par ce mélange de sacré et de profane (1).

Le public de Laval ne semble pas avoir réclamé de ses acteurs ce mélange qui amena trop promptement la décadence du théâtre hiératique. En 1498, la foule de la ville et du pays voisin se rendit empressée durant trois jours à la représentation d'un nouveau mystère. « En ce présent an, dit Guillaume Le Doyen, au moys d'octobre fut joué par troys jours, à Pissanesse (2), le *mistère de la Bourgeoise de Rome.* » Quel est le drame désigné ici? Nous n'en connaissons aucun qui ait porté ce nom. Mais n'est-il pas probable que Guillaume Le Doyen a voulu désigner un drame connu sous le nom de l'*Impératrice romaine* (3). Ce titre qu'il porte sur les manuscrits, fera suffisamment connaître le sujet : « Ici commence un » miracle de Notre-Dame, touchant l'impératrice de Rome, que le » frère de l'empereur accusa pour la faire périr, parce qu'elle » n'avait pas voulu faire sa volonté. Depuis il devint lépreux, et la » dame le guérit après qu'il eut confessé son méfait. » Sur cette

(1) *Bulletin du comité de la langue, de l'histoire et des arts de la France,* t. IV, p. 99.

(2) Ce lieu était situé sur la paroisse d'Avesnières, comme on le verra plus bas. Le nom a disparu.

(3) Le mystère de l'*Impératrice romaine* a été publié par MM. Montmerqué et Francisque Michel, dans leur *Théâtre français au moyen âge,* p. 365-417, d'après le Ms. nº 7203. 4. B, de la Bibliothèque Impériale.

donnée, empruntée à l'un des contes de Gaultier de Coinsy (1), le poëte a composé une pièce en cinquante-sept scènes et à trente personnages environ. Malgré le mérite incontestable de ce drame, il ne semble pas avoir joui d'une grande faveur ; du moins les historiens n'en font pas mention.

(1) *Nouveau recueil de fabliaux et contes inédits*, publiés par Méon, t. II, p. 51 et suiv.

V.

Les entrées des rois et des reines dans les villes capitales ou autres cités de leurs États, des princes et des seigneurs dans les villes de leur domaine, des prélats, des ambassadeurs et autres personnages d'un très-haut rang, étaient autrefois l'occasion de cérémonies brillantes, et dont les historiens nous ont laissé une description minutieuse. Le clergé, les magistrats venaient à la porte de la ville haranguer le seigneur qui arrivait; le *commun peuple* criait Noël! et se livrait à la joie. Presque toutes les descriptions si nombreuses d'entrées solennelles du XVe et de la première moitié du XVIe siècle, parlent des échafauds dressés aux carrefours des rues, sur le passage du cortége, et où l'on jouait des moralités, miracles et mystères (1).

(1) Sainte-Beuve, *Tableau de la poésie française au* XVIe *siècle*, t. 1, p. 218. — Les représentations qui se donnaient à l'entrée des princes et autres puissants personnages, étaient le plus souvent des scènes de pantomimes et n'avaient rien de commun avec les mystères. Monstrelet, dans la description qu'il fait de l'entrée de Henri IV, roi d'Angleterre, à Paris, en 1431, n'a pas omis de mentionner les mystères-pantomimes qui furent représentés. Monstrelet, *Chroniques*, à l'année 1431, *et passim*.

Les chroniqueurs du Maine décrivent aussi quelques entrées solennelles. Le Doyen, par exemple, nous fait assister à l'entrée de Charles VIII à Laval en 1487, et il se contente d'ajouter :

Ès carrefours jouer, danser,
Et ès tasses bon vin verser.

S'il parle de l'entrée de Guy XV et de Pierre de Laval, son frère, archevêque de Reims, il ajoute simplement :

. . . . Leur entrée,
Laquelle fust moult décorée
En tentes, jeux, esbattemens,
Qu'on fit hors la ville et dedans.

Le 20 février de l'année 1500 (a. s.) eut lieu l'entrée solennelle de Charlotte d'Aragon, princesse de Tarente, fille de don Frédéric, roi de Naples et d'Aragon, femme de Guy XVI.

Et à la porte de la ville
Chacun s'y porta moult abille;
Car anges, pour la recevoir,
Par engins qu'on faisoit mouvoir,
Descendant en faczon quelz
A laquelle baillèrent les clefz;
Car c'estoit par commandement
De Monsieur d'avoir ce présent.
. . . .
. . . .
Partout fut faict esbattement
Par compagnons soy ensement,
Et en carrefours on beuvoit
De bon vin qui boire vouloit.

Le Doyen composa une chanson, qui fut chantée par une troupe d'enfants au Puitz-Rocher. Mais en tous ces récits il n'est nullement question de représentations théâtrales quelconques. D'où peut venir cette différence entre nos usages locaux et ceux de Paris et de beaucoup d'autres villes du royaume? C'est que le théâtre n'avait pas encore dévié de sa première voie dans notre province; et nos auteurs et entrepreneurs dramatiques ne se proposaient qu'un but religieux; ils travaillaient, comme dit l'un d'entre eux,

> Pour les bonnes gens inciter
> A bonnes euvres non pas faintes,
> Et pour leurs ceurs habiliter
> Envers Dieu par doulces complaintes... (1).

Toutes les pièces, en effet, qui furent représentées à Laval ou dans le pays voisin, à cette époque, sont exemptes de ce mélange de sacré et de profane dont nous avons parlé. On n'y trouve point non plus, ou au moins on y trouve rarement ces plaisanteries bouffonnes, qui présentent, il est vrai, une image plus fidèle de la vie réelle, mais qui n'en sont pas moins déplacées et choquantes dans des œuvres saintes. Ainsi, au mois de juillet 1504, on représenta le mystère de l'*Enfant prodigue* au cloître des frères prêcheurs de Laval. Le sujet de ce mystère est entièrement tiré des paroles de la sainte Écriture, dont l'auteur s'éloigne très-peu. Il a introduit douze acteurs; et sa pièce ne comprend guère que quinze cents vers. On ne connaît pas le nom de ce poëte, qui vécut vraisemblablement vers les derniers temps où les moralités ont été représentées par les confrères de la Passion. Du reste, ce drame est évidemment différent de celui qui fut composé par Antoine Tyron, et qui ne parut qu'en 1564 (2).

L'année 1507 vit à elle seule plusieurs représentations de mystères. Écoutons encore notre chroniqueur raconter les faits dont il fut témoin.

An mil VCVII. — *Le Sacrifice d'Abraham et l'Ignocent.*

> Puis d'Abraham le sacrifice
> Fut joué qui fut moult propice,

(1) Prologue du *mystère de Saint-Etienne.*

(2) La Croix du Maine, *Bibliothèque française*, p. 21. — Du Verdier, *Bibliothèque française*, p. 327. — Les frères Parfaict, *Histoire du théâtre français*, t. III, p. 139-145. — Le duc de la Vallière, *Bibliothèque du théâtre français*, t. I, p. 4. — Sainte-Beuve, *Histoire critique de la poésie française au* XVIe *siècle*, t. I, p. 217-234. — Le comte de Douhet, *Dictionnaire des mystères*, col. 312.

Sur le grand pavé de Laval (1),
Par le clergé de Saint-Thugal.
Aussi fut joué l'Ignoscent,
Celluy an qu'est moult décent,
Et le Carême fut prêché
D'ung frère de cet évesché,
Nommé frère Colas Taunay,
D'Avesnières natif pour vray,
Et cordelier de Saint-François
Au couvent venu tout de froys (2).
D'aucuns compagnons de la ville (3)
Furent motils (4), pour qu'il est abille,
Montrer figurativement
Et ses sermons et ses preschements.
La *Passion* par personnaiges,
Le Vendredy-Sainct par gens saiges,
Et jour de la Résurrection,
Fut monstré comme approbation,
Jusques à quarante histoires,
Dont ce fut faict moult grants mémoires.
Preschant et démonstrant par signes
Sur le pavé (5) à toutes fines,
De rideaux, de cielz d'or et de soye,
De ce veoir le monde avoit joye.

(1) *Le grand pavé* à Laval désignait la halle et la place voisine. Les prédicateurs de stations y prêchaient quelquefois. Le Carême de 1508 y fut prêché.

(2) Tout de frais, depuis peu de temps.

(3) Voici la confirmation de ce que nous avons dit précédemment : les compagnons ou confrères joueurs de mystères de la ville, c'est-à-dire de la paroisse de la Trinité, sont bien distincts de ceux de Saint-Melaine, ou de la paroisse du faubourg.

(4) Les compagnons joueurs de mystères de la Trinité, émus (motils) par les sermons et l'éloquence du P. Taunay, choisirent pour leurs représentations les sujets traités par le prédicateur. Au milieu du XVIIIe siècle, on voyait encore dans une église de religieux de Rouen, un échafaud près de la chaire du prédicateur, sur lequel des enfants reproduisaient les scènes que celui-ci avait retracées. L'abbé Desfontaines, *Observations sur les écrits modernes*.

(5) Nous pensons qu'il s'agit ici des halles, où se donnaient le plus ordinairement ces spectacles.

Quant falloit tirer le rideau,
Taunay trouva un mot nouveau,
Qu'il chantait pour *veritatis,*
Là, messeigneurs, *ostendatis* (1).

Le Sacrifice d'Abraham n'est qu'un extrait de cette somme de mystères, empruntée aux récits de la Bible. Elle ne comprend pas moins de soixante-deux mille vers, et elle a été imprimée plusieurs fois. La plus ancienne édition connue est de 1498, et fut donnée par Geoffroy de Mareuf (2). Toutes les principales scènes de la Genèse et des autres livres sacrés s'y trouvent reproduites. Comme cette immense composition a été fréquemment remise sur le théâtre depuis 1458 environ, jusque vers la moitié du XVIe siècle, elle a été souvent retouchée, selon l'usage de ces temps. D'ailleurs si on l'a quelquefois représentée en entier, le plus souvent on s'est contenté d'en faire des extraits. Le P. Colonia attribue ce poëme à Louis Choquet. Un critique habile de notre temps y a constaté quelques courtes réminiscences des auteurs classiques de l'antiquité (3). Enfin, en 1539, François Ier fit représenter ce mystère du Sacrifice d'Abraham, à l'hôtel de Flandres, à Paris, et il voulut y assister.

Quant au mystère que Le Doyen nomme l'*Ignocent*, nous n'en avons rencontré la mention nulle part; mais notre annaliste ne voudrait-il pas désigner quelque mystère composé sur le Massacre

(1) Ces détails sont bien d'un témoin oculaire. Ils sont d'ailleurs remplis d'intérêt; car nous n'avons rencontré de renseignements semblables sur la mise en scène que dans le *mystère de la création du ciel, de la terre et des anges.*

(2) Lacaille, *Histoire de l'imprimerie*, liv. II, p. 70.

(3) Les frères Parfaict, *Histoire du théâtre français*, t. II, p. 307-351; t. IX, p. 17. — Louis Paris, *Toiles peintes et tapisseries de Reims*, t. II, p. 921-1027. — De Beauchamps, *Recherches sur les théâtres de France*, t. I, p. 226. — Le duc de la Vallière, *Bibliothèque du théâtre français*, t. I, p. 69. — Sainte-Beuve, *Tableau historique et critique de la poésie française*, etc., t. I, p. 217-224. — O. Leroy, *Études sur les mystères*, introd. p. XXIII et XXIV. — Idem, *Époques de l'Histoire de France*, etc., p. 123. — Louandre, *Histoire ancienne et moderne d'Abbeville*, p. 236. — Colonia, *Histoire littéraire de la ville de Lyon*, t. II, p. 429-433. — Le comte de Douhet, *Dictionnaire des mystères*, col. 1003 et suiv. — L'abbé de La Rue, *Essais historiques sur les bardes*, etc., t. I, p. 166.

des Innocents? Du reste nous ne connaissons que des rites figurés et une comédie de Marguerite de Navarre sur ce sujet (1).

Les nombreuses représentations de l'année 1507 n'avaient pas ralenti l'ardeur des habitants du Bas-Maine pour les spectacles sacrés; car l'année suivante Le Doyen rapporte la mise en scène du mystère de saint Etienne, en ces termes.

An mil VCVIII (1508). — *René Le Lamier fist jouer le mistère de Sainct-Étienne au Genet* (2).

Celuy aoust, pour resjouissance,
Fut joué par bonne chance
Tant des compaignons de Laval
Que du Genest, sans songer mal,
De Sainct-Étienne le mistère,
Qui fut faict par bonne manière,
En la vallée près le Hautbourg
Du Genest, où René ne fut lourt;
René le Lamier fist la mise;
Aussi avait faict l'entreprise.

Ainsi ce n'était pas seulement les grands centres de population, mais les petits villages, comme Le Genest, qui avaient des associations de joueurs de mystères. Celui qui fut représenté en 1508 au hameau du Hautbourg, quoique anonyme, est parfaitement connu. On croit qu'il fut composé dans le cours du XVe siècle (3).

Deux ans plus tard, on vit plusieurs représentations de mystères dans le pays de Laval; mais Guillaume Le Doyen se contente de mentionner nominativement celui de Saint-Blaise, sur lequel il nous fournit des détails intéressants.

(1) Les frères Parfaict, *ouv. cit.*, t. III, p. 65. — Le duc de la Vallière, *ouv. cit.*, t. I, p. 121. — Le comte de Douhet, *ouv. cit.*, col. 459 — Quoique la pièce de Marguerite de Navarre soit intitulée comédie, c'est néanmoins un vrai mystère, comme plusieurs autres drames de cette princesse.

(2) Le Genest, paroisse du canton de Loiron, à 9 kilomètres de Laval.

(3) M. Achille Jubinal en a publié le texte jusqu'alors inédit. *Mystères inédits du* XVe *siècle*, t. I, p. 1-25.

An mil vcx (1510). — *Le mistère Sainct-Blaise joué à Pissanesse.*

Par lieux fut joué mistère,
Et mesmement en Avesnières,
Le mystère monsieur Sainct-Blaise
A volée (où fut chacun aise)
Pour l'espace de quatre jours,
Où Monsieur en vit tout le cours.
Mais durant le jeu, sans que huche,
Descendit une coqueluche (1)
Du pais d'amont juc à ce val :
Qui nous fist souffrir moult de mal.
Et prenait en la teste et rains
Tant que par terre en jecta maints,
Et des truands, joue le quart;
Combien que du mal eus ma part.

En voyant la ferveur avec laquelle les chrétiens honoraient saint Blaise, surtout aux XIIe et XIIIe siècles, on est surpris de ne rencontrer aucun drame un peu célèbre en son honneur (2). Peut-être celui qui fut représenté en 1510 à Pissanesse, avait-il été composé par un poëte de notre pays, et n'obtint-il pas de retentissement au loin. Quoi qu'il en soit, il est certain qu'il passionna vivement les habitants de Laval, puisqu'il les retint durant quatre jours attentifs, malgré la mauvaise saison et les maladies.

Mais rien ne dégoûtait nos bons ancêtres de ces spectacles si populaires. L'année suivante, la population se porta à Saint-Céneré,

(1) *Coqueluche*. Dès les premiers jours de l'année 1510, il courut presque par toute la France une maladie épidémique, à laquelle peu de gens échappèrent, et dont beaucoup furent victimes. On la nomma *Coqueluche*, dit Mézeray, parce qu'elle accablait la tête d'une douleur fort pesante, et que les premiers qui en furent atteints, parurent avec des *coqueluchons* .. Elle causait aussi une grande douleur à l'estomac, aux reins et aux jambes, avec une fièvre chaude accompagnée de fâcheux délires, et d'un dégoût de toutes les viandes, ainsi que du vin. — *Coqueluchons*, sorte de capuchons.

(2) L'abbé Le Beuf, *Traité historique et pratique du chant ecclésiastique*, p. 137. — Saint Blaise est le patron de plusieurs églises, soit paroissiales, soit conventuelles dans le Maine.

pour assister à un nouveau mystère. Écoutons Guillaume Le Doyen nous raconter cette fête.

An mil VCXI (1511). — *L'invention Sainte-Croix jouée à Saint-Seraine* (1).

A l'Angevine à plaine voix,
Fut l'Invention Saincte-Croix
Jouée à Sainct-Sérené
Par Macé le Duc, mon aisné,
Tous volant bien hault et bas,
Fors sainct Michel qui cheut à bas...

Les histoires et les bibliothèques du théâtre français n'ont mentionné jusqu'à cette heure, ni le mystère de l'*Invention de la Sainte-Croix*, ni le mystère de *Saint-Berthevin*, joué en 1515, comme le rapporte Guillaume Le Doyen.

An mil VCXV (1515).

Il fut aussi qu'en cette année
De sainct Berthevin fut prouvée
La légende et saincte vie,
Et comme aucuns eurent envie,
Qui estoient au sieur de Laval;
. . . .
Quatre jours dura le mistère,
A Sainct-Berthevin bien austère,
René Le Lamyer, serrurier,
Pour son plaisir le fist jouer,
Qui bien en vint à ses honneurs,
Avecque l'aide des seigneurs.

Il était assez naturel que les habitants de Laval et les officiers du château, voulant représenter la vie de saint Berthevin, employé lui-même autrefois près du seigneur de Laval, se transportassent sur le théâtre de son martyre (2). On conçoit combien alors étaient frap-

(1) Saint-Céneré, paroisse du canton, à 6 kilomètres de Montsûrs, et à 16 kilomètres de Laval. — L'auteur de ces *Recherches* vient de publier une *Vie de saint Sérené*, dont l'usage a fait saint Céneré.

(2) Voir notre *Histoire de l'Église du Mans*, t. II, p. 506

pants les exemples de ce serviteur de Dieu, pour une population qui avait fidèlement conservé son souvenir. Mais quel fut le poëte qui eut la gloire de retracer dans un drame de quatre jours la vie si pure et le martyre si généreux du saint diacre? Évidemment ce poëte était de Laval. Était-ce René le Lamyer, serrurier; et notre pays aurait-il eu à cette époque son Adam de Nevers, son Jean Reboul et son Jasmin? Le récit de Guillaume Le Doyen autorise à le croire, surtout après ce qu'il nous a déjà rapporté du mystère de Saint-Étienne :

René Le Lamyer fist la mise;
Aussi avait faict l'entreprise.

A cette époque, on ne remettait guère sur la scène un drame déjà ancien sans le retoucher; ce qui suppose que l'entrepreneur de ces jeux possédait quelque usage de la poësie.

Les historiens et les critiques ne nous ont pas transmis beaucoup plus de renseignements sur le mystère de *Saint-Sébastien*, qui fut joué à Botz en 1520; seulement on sait qu'il fut représenté à Caën dans le cours de la même année (1). Mais ce mystère ne fut pas le seul offert aux habitants du Bas-Maine cette année, ainsi que le rapporte Guillaume Le Doyen dans ce récit.

An mil vcxx (1520).

Puis la Pentechouste venue,
Et sans que mon propos je mue,
De Sébastien le mistère
A Botz fut sans nul vitupère,
Joué, et en fut l'entreprise
Faicte par très-bonne divise,
Par Loys Le Gauffre et Lamyer,
Qui y employèrent maint desnier,
En chauffaulx de grands édifices,
Et si n'y eust nul maléfice

(1) L'abbé de La Rue, *Essais historiques sur les bardes, les jongleurs et les trouvères normands*, etc. t. I, p. 165.

Que chacun ne fict son debvoir
Par sept jours sans mal esmouvoir;
Le dict Gauffre le Saint joua,
Où après chacun se voua.

. . . .

Le Carême . . . .
Il fut presché par un bon père
De sainct François sans vitupère,
Nommé frère Guy de Chartre;
Qui par luy fut bien decertre.
Et fut, pour son soulaigement,
La Passion bien amplement,
En abrégé par personnaiges,
Où furent gens de ville et villaiges,
Sur le pavé (1) joué guayment
Par personnaiges proprement.
Le jour du beau Vendredy-Sainct
Et le jour de Pasques non fainct,
Le dimanche *Quasimodo* :
Si vous demandez *quò modo*,
Recours aux sermons de Taunay,
Qui ainsi fist jouer par dire vray.

Dans ce récit, Guillaume Le Doyen fournit des renseignements bien précieux sur le caractère religieux que les représentations des mystères avaient conservé fidèlement dans le Maine. Ainsi, après le mystère de *Saint-Sébastien*, dont la représentation ne dura pas moins de sept jours, et entraîna des frais considérables, chacun des spectateurs se voua au glorieux martyr, c'est-à-dire qu'ils prirent un engagement dans la confrérie de cet ami de Dieu. Il est remarquable, en effet, qu'à la même époque, cette pieuse association prit une grande extension dans notre pays. Outre plusieurs raisons que nous pourrions en alléguer, la présence dans le Maine de dom Jean Lunel, né à la Ferté-Bernard, et qui était devenu abbé régulier du

(1) Les halles.

monastère de Saint-Sébastien à Rome, dut contribuer puissamment à faire enrôler nos pères dans cette pieuse confraternité (1).

De leur côté, les laborieux enfants de saint François soutenaient et propageaient les spectacles sacrés, qui venaient en aide à leurs vives prédications. Le père Guy de Chartres marcha sur les pas du père Nicolas Taunay, et obtint apparemment les mêmes succès.

A propos de la dédicace de l'église Saint-Vénérand, accomplie en 1521 par le suffragant du cardinal Louis de Bourbon, évêque du Mans, Guillaume Le Doyen se contente d'ajouter à la description de la cérémonie :

Où il fut faict très-beau mistère,
Tant ès aultiers qu'en cimetière.

Comme le cimetière de Saint-Vénérand avait été bénit en l'année 1512 par le cardinal Philippe de Luxembourg, il est probable qu'il s'agit ici réellement d'une représentation théâtrale. Cette interprétation est rendue presque certaine par ce que raconte notre annaliste trois ans plus tard.

An mil VCXXIIII (1524). — *La Cène jouée au cimetière Saint-Vénérand en ce présent an :*

En la feste sainct Vénérand,
Et le lendemain Sainct-Sacrement,
Fut jouée, sans prendre grande paigne,
Par les enfants de Sainct-Melaine,
De la Cène le beau mistère,
Audit lieu au beau cimetière ;
Dont fut faict par moy l'entreprinse,
Judas jouant par cette emprinse.

Quoique le mystère de la Cène, joué en 1524 par les confrères de Saint-Vénérand ou Saint-Melaine, ne se trouve mentionné dans aucun répertoire de notre ancien théâtre, il est évident que c'était une de ces découpures que l'on avait coutume de pratiquer dans le poëme toujours populaire de Raoul Gréban sur la Passion.

Les paroisses rurales rivalisaient de zèle avec les villes dans la

(1) Voir notre *Histoire de l'Église du Mans*, chap. XXVIII.

représentation des mystères. En 1527, le bourg de Vautorte (1), près d'Ernée, entreprit la représentation du drame de la *Passion*. Guillaume Le Doyen nous apprend qu'il joua ensuite lui-même les *Sept Rolles*, à la Morignière, aux portes de la ville de Laval; mais le titre de la pièce, s'il est exactement rapporté, annonce un poëme inconnu des historiens du théâtre, et probablement composé par quelque poëte de notre pays, demeuré obscur comme son ouvrage.

An mil VCXXVII (1527). — *La Passion jouée à Vautorte, et les Sept Rolles joués à la Morignière.*

Affin que point ne me torte,
En juillet je fus à Vautorte,
Où ils jouoient la *Passion*,
Dont il fut faict grant mencion.
Chaufauldez estoient bien à poinct,
Et les joueurs rien ne si fainct.
Selon le pays, selon les gens,
Plusieurs y passoient le temps,
Et à bien parler et bien dire;
D'eux en rien je ne veulx médire.
Après eux à la Morignière,
Qui est auprès la Coconnière (2),
Au moys de septembre ensuyvant,
Par quatre jours, temps advenant,
Fut par nous joué les *Sept rolles* (3),
Et fut durant les quatuolles (4).

(1) Commune du canton et à 7 kilomètres d'Ernée.

(2) Hameau situé près de Laval, à l'entrée de la route du Mans; il tire son nom de Cocon, fils de Guyon, seigneur de Laval. Voir M. Couanier de Launay, *Histoire de Laval*, p. 595.

(3) On représenta à Tours, le 25 juillet 1390, « Le Gieus des sept vertus et des sept pechéez mortels. » *Congrès scientifiques de France*, XVe session, t. I, p. 121. — Le comte de Douhet, *Dictionnaire des mystères*, col. 915. Serait-ce le même drame sous deux titres différents?

(4) Ce mot ne se trouve pas cité dans nos vieux lexicographes. Il signifie évidemment, d'après l'ensemble du texte, les Quatre-Temps.

Tant si trouva saiges que sotz,
Autant comme il fezait à Botz (1).
Jé joué l'homme qu'à mon possible,
Combien qu'à moy ne fut duysible.

Sous la date de 1530, nous trouvons la mention de deux mystères représentés dans le pays de Laval, avec un grand appareil et un nombreux concours de spectateurs. Voici comment le rapporte Guillaume Le Doyen, dans ses *Annales*.

An mil vcxxx (1530). — *La Passion jouée à Montseurs* (2), *et les Paynes d'enfer à Andouillé* (3).

Pour oster de mon cœur malheur,
En cestuy an fut à Montseurs
Joué moult honorablement
La *Passion* bien proprement,
Par les compagnons dudit lieu,
Qui avoient esleu très-bon Dieu,
Et abilliez selon le pais;
Je n'en veil faire aultre devis.
Aussi que ne soys trop broullié,
Les Paynes d'enfer Andoullé,
Où avoit moult grand' diablerie,
Qui firent moult grand' ullerye.

Les *Peines d'Enfer*, connues plus ordinairement sous le nom de la *Grande Diablerie* (4), fut l'un des spectacles les plus chers aux populations du XVIe siècle. Ce poëme fut publié plusieurs fois; et Rabelais parle des représentations célèbres de diableries de Saumur, de Doué, de Montmorillon, de Langeais, de Saint-Espain, d'Angers, de Saint-

(1) Comme en 1520, au mystère de *Saint-Sébastien*, joué au pré de Botz.

(2) Montsûrs, commune, chef-lieu de canton, arrondissement et à 20 kilomètres de Laval.

(3) Commune du canton et à 10 kilomètres de Chailland.

(4) Les scènes où figuraient des diables étaient très-fréquentes dans le théâtre du moyen âge. Lorsqu'il y avait moins de quatre personnages, c'était la petite diablerie, et la grande lorsque ce nombre était dépassé. De là vient l'expression : faire le diable à quatre.

Maixent et de Poitiers, qui semblent l'avoir emporté sur les autres en renommée. Eloi d'Amernal, prêtre et maître des enfants de chœur de la ville de Béthune, composa ce poëme au commencement du XVIe siècle; il a raconté lui-même la manière dont il fut amené à l'écrire; et son récit est trop instructif pour ne pas le rapporter ici tout entier :

« Un jour, dit-il, étant couché seul dans ma chambre, il me sembla qu'on me transportait aux portes des enfers, et que j'entendais Satan qui conversait familièrement avec Lucifer, et lui racontait toutes les ruses qu'il employait pour tenter les chrétiens : car pour les hérétiques et les infidèles, continuait-il, comme ils me sont dévoués, je ne m'en embarrasse guère. Le diable, croyant n'être entendu de personne, découvrait à son maître toutes ses ruses sans déguisement. Et lorsque je fus de retour chez moi, je pris promptement une plume, de l'encre et du papier, et m'étant mis à écrire, je couchai sur le papier, non tout ce que j'avais entendu, mais seulement ce que ma faible mémoire avait pu retenir, afin que les chrétiens, instruits des tours de Satan, puissent les prévenir et les éviter (1). »

Comme Éloi d'Amernal, Guillaume Ravault était prêtre et s'occupait de l'éducation des enfants. Il était même principal du collége de Laval, son pays natal. Guillaume Le Doyen nous apprend qu'il composa un poëme immense, dont la représentation ne dura pas moins de neuf jours, et qui portait le titre de *Mystère de l'Ermite meurtrier* (2). Ce poëte, dont le nom n'a pas encore trouvé place dans notre histoire littéraire, fit représenter son drame à la Morignière, au mois de septembre de l'an 1532.

Moins d'un an après cette représentation, les confrères ou *compaignons de* Saint-Melaine entreprirent de remontrer le *myracle de la Sainte-Hostie*, et dressèrent leurs échafauds devant le cimetière-Dieu

(1) Les frères Parfaict, *Histoire du théâtre français*, t. III, p. 98.-103. — Le comte de Douhet, *ouv. cit.*, col. 291 et suiv.

(2) En ce présent an, au mois de septembre, fut joué en la ville de la Morignière le *mystère de l'Ermite meurtrier*, qui dura neuf jours, et fut joué l'ermite par Michel Transon, et en fit motif maître Guillaume Ravault, prêtre et protocollége.

de Saint-Michel. Le spectacle dura seulement deux jours, les 18 et 19 juin 1533, qui, cette année, étaient les jours de la Fête-Dieu et de la Saint-Gervais. L'auteur de ce drame est resté inconnu; mais son ouvrage a eu un grand retentissement; il fut même imprimé dans le cours du XVe siècle (1). Scrupuleusement attaché à la vérité de l'histoire, le poëte s'est contenté de reproduire dans son langage ce miracle fameux qui arriva à Paris en 1290, et que des écrivains contemporains ont raconté avec toutes les circonstances les plus authentiques. Un juif acheta d'une malheureuse femme une hostie consacrée; il la perça d'un canif, et le sang en jaillit aussitôt; il voulut la plonger dans une chaudière d'eau bouillante, et elle se mit à voltiger, sans que personne pût l'atteindre. Le curé de Saint-Jean-en-Grève accourut, et elle vint se reposer d'elle-même dans le ciboire qu'il tenait à la main. Rainier Flaming fit bâtir une église sur le lieu même; et aussitôt s'établit pour le service de ce sanctuaire le monastère des Billettes (2). Telle est l'histoire racontée dans ce drame, qui dut être répété deux jours de suite, quoique ce fût peu l'usage, ou plutôt qui fut retouché pour suffire à un spectacle de deux jours.

Guillaume Ravault et ses acteurs durent être contents du succès qu'ils avaient obtenu en 1532; car dès l'année 1534, ils entreprirent la représentation d'un drame plus considérable encore, puisqu'il dura onze jours; et ils recueillirent les applaudissements des juges les plus compétents. C'est ce que nous apprend Guillaume Le Doyen dans ce dernier récit.

An mil VCXXXIIII (1534). — *Le mistère Sainct-Vénérand joué à Barbé* (3).

Cetuy an, entour la my-aoust,
Fut commencé de moult bon goust

(1) Les frères Parfaict, *ouv. cit.*, t. II, p. 365-377. — De Beauchamps, *Recherches sur les théâtres de France*, t. I, p. 226 — Le duc de la Vallière, *Bibliothèque du théâtre français*, t. I, p. 13. — Le comte de Douhet, *Dictionnaire des mystères*, col. 8 5 et suiv.

(2) Labbe, *Nova bibliotheca manuscriptorum*, t. I, p. 663. — Dom Félibien et dom Lobineau, *Histoire de Paris*, t. I, p. 458-460.

(3) Barbé, moulin avec étang, situé à deux kilom. de Laval, sur la route du Mans.

Le mistère Sainct-Vénérand,
De Maxime semblablement,
Dont le papier, sans nul défaut,
Fut composé par G. Ravault,
Sur la légende des dicts saincts,
Contenant des miracles maints.
A Barbé fut le mystère
Joué au pré du presbytère :
Vénérand par Michel Transon,
Qui moult savait bien sa leçon,
De Sainct-Melaine le vicaire;
Et Maxime, pour brief le faire,
Joué par maistre Jehan Sageit,
Lequel si acquita de hayet.
Le mystère par onze jours
Dura, sans y faire recours;
Moy portant le second papier (1),
Pour aider à l'entremétier.

L'attention soutenue des spectateurs de ce long drame s'explique par la circonstance de la translation des reliques de saint Vénérand, et des prodiges par lesquels Dieu récompensa la foi vive et sincère des habitants de Laval (2). D'ailleurs la fécondité des auteurs et le goût infatigable des populations assurèrent la durée du drame hiératique dans notre province. Nous ne pouvons plus, il est vrai, donner de détails aussi circonstanciés que ceux qui nous ont été fournis par Guillaume Le Doyen ; car ce chroniqueur n'a pas eu de successeur. Il faut ajouter encore que depuis que Jodelle, Robert Garnier et leurs disciples eurent introduit un genre de spectacle tout différent, plus en harmonie avec les idées que le XVIe siècle avait fait prévaloir, les mystères ne trouvaient plus de faveur qu'auprès des populations simples et croyantes des campagnes (3). Dès

(1) Guillaume Le Doyen veut dire qu'il remplissait le rôle pénible de souffleur. Autrefois il montait sur les planches; mais probablement que son âge avancé ne lui permettait plus de paraître ainsi sur la scène.

(2) Couanier de Launay, *Histoire de Laval*, p. 234.

(3) Toute l'Europe, au XVIe siècle, a subi l'influence de la Renaissance; toute

lors les historiens n'en font plus mention. Il n'en faut pas conclure que le théâtre sacré eût cessé d'exister; il s'est maintenu, en particulier dans le Bas-Maine, jusqu'à ce bouleversement social de la fin du XVIIIe siècle qui a si profondément modifié et les mœurs et les institutions. Peut-être ferons-nous bientôt connaître les traces que les mystères ont laissées encore existantes dans notre belle province. D'autres plus heureuses ont conservé un vrai théâtre hiératique : nous pouvons citer la Bretagne, et surtout les départements des Côtes-du-Nord, le Morbihan et le Finistère; les pays basques, le Labourds, la Basse-Navarre et la Soule; la Provence, et particulièrement le département des Bouches-du-Rhône, où le pieux abbé Julien a dernièrement donné un nouvel essor à ces représentations (1).

Selon les traditions que nous avons pu recueillir de la bouche des vieillards, la *Passion* fut représentée quelques années seulement avant la Révolution, à la Baconnière (2), et la *Nativité* à Saint-Ouen-des-Toits (3). On s'y rendait en foule de sept et huit paroisses environnantes. Les entrepreneurs du spectacle, qui composaient ou

l'Europe s'est, à qui mieux mieux, sécularisée dans sa littérature encore bien plus que dans sa législation; mais nulle part la révolution n'a été plus grande qu'au théâtre. Saint-Marc-Girardin, *loc. cit.*

(1) Voir Dessales et Chabailles, *Mystère de Saint-Crespin et de Saint-Crépinien.* Av. prop., p. XX. — De la Villemarqué dans *l'Université catholique*, t. XXII, p. 359. Francisque Michel, dans l'*Athenæum français*, 1854, p. 1433 et suiv. — Onésyme Leroy, *Études sur les mystères.* — Villemain, dans le *Journal des savants*, 1838, p. 211. — *Le Mystère de la naissance de Jésus-Christ, pastorale en quatre actes en vers français et provençaux, par M. An. Maurel, contenant Hérode et les Mages, poëme dramatique par M. le baron Gaston de Flotte, précédée d'une introduction par M. l'abbé Bayle.* Marseille, 1856. — Dans une instruction latine du 1er juin 1834, M. Belmas, évêque de Cambrai, recommande aux curés de son diocèse de ne point admettre aux fêtes de Noël certains spectacles, tels que l'Adoration des bergers devant la crèche, et d'autres représentations figuratives de la Passion, ou de quelques-unes de ses circonstances, toutes choses qui sentent les jeux de la scène : *quæ scenicos ludos redolent.*

(2) La Baconnière, commune du canton et à huit kilomètres de Chailland.

(3) Saint-Ouen-des-Toits, commune du canton et à dix kilomètres de Loiron.

revoyaient le livret, étaient ordinairement des ecclésiastiques chargés de l'éducation des enfants, et ils recrutaient leurs acteurs parmi les jeunes gens de la paroisse. Quoique le temps de la représentation fût fort long, on s'y tenait dans un recueillement et un silence très-profond, parce que ces spectacles n'avaient pas cessé d'être regardés comme des actes de piété, plus encore que comme des occasions de récréation.

Après quelques pages sur les miracles et les mystères, l'illustre auteur du *Génie du Christianisme* ajoute ces réflexions, que nous lui emprunterons comme conclusion, et au besoin comme justification de ces longues et incomplètes recherches. « Le moyen âge comptait beaucoup plus de solennités que les siècles modernes : les véritables joies naissent partout des croyances nationales. La Révolution n'a pas eu le pouvoir de créer une seule fête durable ; et s'il est encore des jours fériés populaires, en dépit de l'incrédulité, ils appartiennent tous au vieux christianisme : on ne prend bien part qu'aux plaisirs qui sont en même temps des souvenirs et des espérances. La philosophie attriste les hommes ; un peuple athée n'a qu'une fête : celle de la mort (1). »

Dom PAUL PIOLIN,

Bénédictin de la Congrégation de France.

(1) *Essai sur la littérature anglaise,* t. I, p. 92.

(Extrait de la *Revue de l'Anjou et du Maine*, tomes IIIe et IVe).

Angers, Imp. Cosnier et Lachèse.

www.ingramcontent.com/pod-product-compliance
Ingram Content Group UK Ltd.
Pitfield, Milton Keynes, MK11 3LW, UK
UKHW020341250726
13967UKWH00005B/2052

9 782013 041010